W0211502

Walter Müller

AUS. AMEN!

KRIMI

molden verlag

„Hallo? Hören Sie mich? Hallo!“
„Heiliger Strohsack! Schau dir das Genick an! Puls?“
„Kein Puls. Hallo, hören Sie mich?“

Wie soll ich dich hören, wenn ich tot bin? Arschloch! Hab ich jetzt Arschloch gesagt?

„Du drückst, ich beatme!“

Bitte nicht, nicht auf den Mund! Geh weg da, ich hasse Männerlippen auf meinem Mund! Du riechst nach … Ketchup? Pizza? Der Geruchssinn ist kaputt. Nicht auf den Mund! Und außerdem ist es ohnehin zu spät.

„Eins, zwei, drei, vier … rührt sich was?“
„Nix. Wir können aufhören.“
„Eins, zwei, drei, vier.“
„Nix!“
„Eins, zwei, drei …“
„Stopp!“

Verbindlichsten Dank.

„Genickbruch wahrscheinlich."
„Kein Wunder, dem muss das ganze Regal ins Genick gefallen sein. Das sind ja Dutzende Bücher. Wahnsinn. Dass einer von Büchern erschlagen worden ist, hab ich noch nie gehört."
„Er könnte ja vorher schon tot gewesen sein, und dann ist ihm erst das Regal mit den Büchern draufgefallen."
„Du meinst, es handelt sich um … das geht uns nix an. Ich ruf die Polizei."
„So viele Bücher auf einem Haufen!"

Jovanka! Was weinst du denn? Ist ja nichts passiert. Ich bin tot, und du wirst eine andere Hauspartei finden. Setz dich hin, bevor du mir umfällst, dein Herz ist ja auch nicht mehr das beste. Erinnerst du dich, wie du einmal von der Leiter gefallen bist? Auf den Rücken! Da hab ich geglaubt, du bist tot. Aber du hast nur gelacht und gesagt: „Unkraut nix verdirbt. Bin ich gefallen wie Vogerl." Komisch, ich hab doch immer Sie zu dir gesagt …

„Lag er genauso da, als Sie ihn gefunden haben, Frau … wie heißen Sie?"
„Eberherr, Jovanka. Mein Mann, seligerweise, hat Eberherr geheißen, ich komme aus Mazedonien, Skopje, wo großes Erdbeben war, lange ist her, aber bin ich schon zwanzig Jahre hier in Salzburg …"
„Ob er so dagelegen ist!"
„Natürlich, so dagelegen. Die Bücher, und das Blut, Jössusmaria."
„Und dann haben Sie die Rettung gerufen."
„Hab ich Rettung gerufen. Ich immer gestaubt. Immer gestaubt.

Armer Herr Klinger. War so ein lieber Herr. Immer gegangen, wenn ich gekommen bin Putzen. Dass er nicht stört. Manchmal geschrieben an seine Schreibtisch. Immer entschuldigt. Entschuldigung, Frau Jovanka, hat immer Frau Jovanka zu mir gesagt, Entschuldigung, muss noch a bissl schreiben. Macht ja nix, hab ich gesagt, Sie stören mich nicht. Fang ich in Küche an Putzen."

Jovanka, pass auf, in der Schreibtischlade im Vorzimmer, unter den Dokumenten, da liegt ein Kuvert mit 10.000 Euro. Nimm das Kuvert, aber so, dass es die zwei Sanitäter nicht sehen. Steck es ein, das Geld gehört dir! Jovanka! Hörst du?!

„Was machst du da?"
„Ich drücke ihm die Augen zu."
„Bevor die Polizei da ist?"
„Nicht?"
„Das ist deine erste Leiche, stimmt's?"
„Stimmt. Ich bin ja erst seit drei Monaten im Einsatz. Soll ich die Augen wieder öffnen?"
„Lass es. Wir sagen, die Augen waren zu. Wenn jemand fragt, sagen wir, dass die Augen geschlossen waren. Wir haben ihn mit geschlossenen Augen vorgefunden."
„Okay, du bist der Arzt."
„Genickbruch hab ich auch noch nicht gehabt. Hat gar nicht nach Noteinsatz geklungen. Ein Mann liegt in seiner Wohnung, unter Büchern. Ich hab gedacht, das wird wieder so ein Betrunkener sein. Aber dass der gleich tot ist?!"

Erstens: Dass ich mit geschlossenen Augen genauso gut sehe wie mit offenen, fasziniert mich. Echte Überraschung. Zweitens. Ich war nicht betrunken, hört ihr?

„Hat er viel getrunken, Frau …"
„Eberherr, Jovanka. Na viel? Was ist viel? A bissl halt. Aber macht nix. Erwachsener Mann kann trinken, was er will. Mein Mann, seligerweise, hat auch bissl getrunken. Das ist gut für Seele!"

Jovanka, ich küsse dich, du kennst dich aus mit dem Leben. Die trinken sicher genauso, die Rettungsmenschen, auch wenn die viel jünger sind als wir erwachsenen Männer, dein Mann, seligerweise, und ich, der Leichnam im Bücherhaufen, auch schon seligerweise. Seltsamer Gedanke. Jetzt müsstest du sagen: Oder trinken die Herren nicht auch ab und zu ein paar Gläser? Macht ja nix!
„Wollen die Herren Glaserl Schnaps? Hab ich gebracht aus Heimat, für Weihnachten. Hat sich sehr gefreut, der Herr Klinger. Raki, mazedonisches. Ist noch bissl was da."
„Danke, wir sind im Dienst."

He, Jovanka! Hast du mich wirklich gehört? Hast du meine Gedanken gespürt? Oder bist du zufällig mit der Flasche gekommen? Ich probier's noch einmal: Nimm einen Schluck aus der Flasche, Jovanka Eberherr. Dreh dich einfach um, dass die Typen das nicht sehen und nimm einen Schluck. Auf mein Wohl. Mir zuliebe. Einen Schluck, jetzt! Sie nimmt keinen Schluck. Es funktioniert nicht. Vielleicht trinkt sie nicht aus der Flasche.

„Darf ich jetzt gehen, bitte?"
„Da müssen Sie schon warten bis die Polizei da ist. Die wird gleich kommen. Sie sind immerhin die wichtigste Zeugin! Die einzige Zeugin sozusagen."
„Ja, aber hab ich Termin bei Frau Stadelmaier. Und ich immer pünktlich, immer."
„Dann rufen Sie halt die Frau Stadelmaier an und sagen, dass Sie später kommen, ausnahmsweise."

Du gehst noch immer zur Sonja? Sonja Stadelmaier? Warum hast du mir das nie erzählt? Warum hab ich dich nie gefragt? Sie hat mir dich vermittelt, als ich aus Berlin zurückgekommen bin. Ich hab gehofft, dass da wieder was anfangen könnte zwischen Sonja und mir. Aber es hat nichts angefangen. Sie hat nur gemeint: Falls du eine Putzfrau suchst … Sonja war die wichtigste Frau in meinem Leben. Die große Liebe. Aber 30 Jahre sind 30 Jahre. Dass sie mit einem anderen verheiratet ist, hätte ich mir denken können. Hab ich mir aber nicht gedacht. Ein Ehemann, drei Kinder, auch schon fast aus dem Haus. Mir schlägt das Herz im Hals, ich Idiot glaube ernsthaft, dass da die nächste Runde einer großen Leidenschaft, die umständehalber viele Jahre unterbrochen war, eingeläutet wird. Und sie sagt: Falls du eine Putzfrau suchst … und dann gibt sie mir deine Telefonnummer.

„Frau Sonja, Jössusmaria, Jovanka spricht. Hab Verspätung a bissl. Weil der Herr Klinger ist tot und ich muss … ja, Herr Klinger … und ich muss warten auf Polizei. Erschlagen von die Bücher. Ist kein Witz, Gotteswillen, da macht man keine Witze über den Tod. Wird gleich da sein Polizei. Und dann komm ich zu Ihnen. Ja. Bitteschön, Sie können inzwischen, Frau Sonja, die Vorhänge abhängen. Muss Fensterputzen unbedingt. So schönes Wetter heute. Ja. Tot. Meine Ehrenwort. Bis später."

Nimm die 10.000 Euro, Jovanka, und kauf dir was Schönes. Schuhe. Du bist doch so auf Schuhe aus! Da kriegst du eine ganze Menge dafür. Oder schenk deiner Familie was, deinen Enkelkindern. Kommt die Große heuer in die Schule? Kannst du nicht Gedanken lesen? Gibt es jemanden, der die Gedanken eines Toten lesen kann? Sicher, aber nicht hier, nicht in dieser stocknüchternen Stadt. Der Letzte, vielleicht, wäre Paracelsus gewesen. Was einem alles durch den Kopf geht, wenn man tot ist! Nimm das Geld und geh einfach. Niemand kann dich zwingen hier zu bleiben. Niemand. Schon gar nicht ein Notfallsarzt, der sich nur mit Besoffenen auskennt, und ein Sanitätshilfsdiener mit Akne im Gesicht. Und so einer küsst mich auf die Lippen und drückt mir die Augen zu. Auch egal, ich hab's überlebt. Nimm das Geld und geh! Nimm es, Jovanka, bevor es wer anderer nimmt. Draußen in der Schreibtischlade unter den Dokumenten. Nimm es dir, bevor die Polizei kommt. Und hau ab!

„Von den Büchern erschlagen. Irre."
„Wer? Mit wem hast du telefoniert?"
„Martin. Martin Klinger. Telefoniert hab ich mit der Jovanka. Der ist tot, verstehst du, Jürgen?"

„Der gute alte Martin Klinger. Ich hab ihn ein einziges Mal gesehen, glaub ich, in der Secco-Bar. Das war doch Martin Klinger, oder?"
„Das war er. Und jetzt ist er tot."
„Du hast gesagt, ich erinnere mich genau, ein alter Freund. Nein, ein guter alter Freund. Grad aus Berlin zurück. Und er hat dich angeschaut, dass ich ihm am liebsten eine geknallt hätte. Das ist meine Frau, verstehst du?!"

Hättest du probieren sollen, Schweinskopf. Das wär dir nicht gut bekommen. Warst du damals auch schon so fett. Und du, Sonja, was machst du mit so einem? Wieso lässt du den bei dir einziehen? Das ist ja deine Wohnung. Da hab ich gelebt damals. Die Möbel, hat er die angeschleppt? Wir haben auf Matratzen geschlafen und sind auf Polstern gesessen. Magst du diesen gelackten Schnickschnack? Komisch, das funktioniert auch. Ich liege unter einem Haufen Büchern, mit geschlossenen Augen, tot, und könnte dir durchs Haar fahren, fünf Kilometer entfernt. Ich fahr dir durchs Haar, Achtung, jetzt! Ach, Sonja!

„Wie lang seid ihr zusammengewesen, Martin und du?"
„Wie lang, ein paar Monate."

Entschuldige bitte, Sonja. Eineinhalb Jahre waren das. Von September 71 bis März 73.

„Er war ein Spinner. Flausen im Kopf. Tausend Ideen. Wäre gern ein Popsänger geworden oder Nobelpreisträger."
Sonja, Baby, mit 21 muss man Popsänger werden. Oder Nobelpreisträger. Sonst hat doch alles keinen Sinn. Weißt du noch,

wie gut ich Cat Stevens gesungen habe? „Oh Baby, Baby, it's a wild world …" Du hast bei einer Bank gearbeitet, und ich wollte dich da rausholen, als Popsänger oder Nobelpreisträger. Oder als Dichter. Einfach raus. Raus aus dieser öden, schnöden Welt. Hinein in die wilde. Es gibt Millionen Möglichkeiten, seine Liebste aus der Bank zu befreien. So eine Art Bankraub. Ich als Bankräuber. Ich raube der Bank die Hübscheste aller Schalterbeamtinnen. Und dann hauen wir ab mit Nichts im Gepäck und bleiben erst stehen, wenn wir die mexikanische Grenze überschritten haben. Hast du das alles vergessen?

„War er gut im Bett?"
„Warum fragst du?"
„Weil es mich interessiert!"
„Ich glaube … ich versuche es mir vorzustellen. Seltsam …"
„War er ein Perverser?"
„Martin? Der doch nicht!"
„Oder so einer für drei Minuten? Und dann ein Glas Milch!"
„Hör auf, Jürgen, Martin ist grad gestorben."
„Ist auch egal. Jetzt hast du ja mich."
„Weißt du, das Verrückte ist, dass ich mich nicht erinnern kann. Ich kann mich an kein einziges Mal erinnern."
„Ihr habt es nicht miteinander getrieben?"
„Doch, sicher. Aber ich kann mich nicht daran erinnern, verstehst du? Ist ja auch schon so lange her."

Du kannst dich nicht erinnern? Sagst du das jetzt, damit der Scheißjürgen nicht nachträglich eifersüchtig wird?

„Beim besten Willen, mir fällt nichts ein."

Okay. Wie wär's damit. 2. Adventsonntag 72. In dieser Wohnung, drüben auf der Matratze. Du warst so in Fahrt, dass du mit dem Fuß den Adventkranz vom Glastisch gestoßen hast, mitsamt den brennenden Kerzen. Und dann hat der Teppich geglüht. Wir haben zwei Flaschen Sekt auf die Flammen geschüttet, während wir weitergevögelt haben. Und weil das verdammte Feuer noch immer nicht aus gewesen ist, hast du deinen Lieblingsmorgenmantel draufgeworfen, den indischen, während wir weitergevögelt haben. Und du erinnerst dich an nichts?!

„Völlig weg, keine Bilder, keine Filme im Kopf. Es war mehr eine Freundschaft als eine Liebe, verstehst du?"
„Empfindest du noch Gefühle für ihn?"
„Ich hätte ihm einen schöneren Abgang gewünscht. Und mehr Erfolg im Leben."

Ich hatte Erfolg im Leben. Davon weißt du natürlich auch nichts. In Berlin war ich gut im Geschäft. Hab dir einmal geschrieben, aber du hast nicht geantwortet. Und als ich zurückkam, vor fünf Jahren, hast du mir deine Putzfrau vermittelt. Das war alles. Nie Zeit für ein Gespräch. Immer abgeblockt und Ausreden erfunden. Egal, das geht mich nichts mehr an. Es regt mich nur auf. Ich hab dich wirklich gern gehabt. Bis zu meinem Tod.

„Gehst du zu seinem Begräbnis?"
„Keine Ahnung. Weiß ja nicht einmal, wann das ist."
„Vielleicht kommt noch eine Parte in der Zeitung."
„Vielleicht."

Vielleicht. Keine Ahnung, da hab ich keinen Einfluss drauf. Was machst du mit der Kerze, Sonja? Ist ja nicht Advent, nicht einmal Ostern. Ein ganz gewöhnlicher Spätsommertag. Hat dich das aufgegeilt, hast du dich an 72 erinnert? Warum zündest du die Kerze an? Und lass dich jetzt bloß nicht von diesem Fettsack rübertragen ins Schlafzimmer, du! Heute nicht, verstehst du?

„Irgendwo müsste ich noch ein Foto haben."

Die Kerze ist für mich? Danke. Danke vielmals. Wäre nicht nötig gewesen. Das Foto befindet sich in der grauen Schuhschachtel im Abstellraum, weißes Ikea-Regal, ganz oben. Wieso kenn ich mich so gut aus bei dir? Es ist das Foto, auf dem ich den Kopfstand mache und dabei die Beine verschränkt habe, wie ein Yogi. Und das alles auf den groben Ufersteinen an der Saalach. Erinnerst du dich? Ich hab einen flieder-farbenen Pollunder an und eine altrosa Schnürlsamthose. Obwohl das ein Schwarzweißfoto ist. Das war unsere indische Zeit. Sommer 72. Du suchst im falschen Zimmer, Sonja, Baby. Ist auch egal. Siehst du, wie die Kerze flackert? Ich puste, so fest ich kann!

„Jetzt hat er die Augen wieder offen!"
„Na bitte, Originalzustand."
„Soll ich noch einmal die Polizei ..."
„Wird gleich da sein."

Der Kuno! Wer hat den reingelassen? Du hast hier nichts verloren, Kuno, hörst du? Geh rüber in deine Bude und lies in der Bibel, aber lass uns in Ruhe. Wir brauchen keinen spirituellen Beistand, wir haben alles im Griff, Jovanka, die Sanitäter und ich.

„Kann ich irgendwie helfen?"
„Wer sind Sie?"
„Kuno Zeller, ein Nachbar. Ich hab den Rettungswagen … mein Gott, ist er tot?"
„Er ist tot."
„Darf ich ein Gebet sprechen?"
„Sind Sie Priester?"
„Herr, Schöpfer der Welt …"

Ich halt mir die Ohren zu, auch wenn ich mir die Ohren nicht wirklich zuhalten kann. Ich will das nicht hören, nicht jetzt, nicht von dem! Na bitte, funktioniert.

„In Ewigkeit, Amen."

In Ewigkeit, Amen. Großer Auftritt, gratuliere! Wie damals vor drei Jahren, als du in diesen Wohnblock eingezogen bist. „Ich bin der Kuno", hast du gesagt und jedem ein Heiligenbildchen in die Hand gedrückt. Keiner von den Hausbewohnern hat dich jemals zu einer Party eingeladen, nicht einmal auf eine Tasse Tee. Du bist uns auf den Keks gegangen, Kuno Zeller, von der ersten Minute an. Und als du im Treppenhaus neben dem Feuerlöscher einen Weihwasserkessel angebracht hast, war der Ofen endgültig aus. Das ist keine Kirche, das ist ein ganz gewöhnlicher Altbau. Neun Parteien, fünf davon ohne Bekenntnis, drei Taufscheinkatholiken und du, Kuno Zeller, wo-

bei ich gar nicht weiß, für welche Glaubensgemeinschaft oder Sekte du dir den Arsch aufreißt. Du hast es uns erklären wollen, immer wieder, hast an unseren Türen geklingelt, uns im Flur abgepasst, aber es hat uns nicht interessiert.
Weihwasserkessel im Altbau! Die Hausverwaltung hat vierzehn Tage Bedenkzeit gebraucht und die Entscheidung der Hausgemeinschaft, also uns, überlassen. Acht zu Eins gegen den Weihwasserkessel. Nicht einmal die Taufscheinkatholiken haben dich unterstützt. Du hast es hingenommen, mit diesem grenzdebilen Erleuchteten-Grinsen, aber uns hast du wenigstens in Ruhe gelassen. Wir sind uns dann kaum mehr über den Weg gelaufen. Deine Gebetsmurmeleien haben mich genervt, wir haben ja Wand an Wand gewohnt. Mein Arbeitszimmer grenzt an dein ... was weiß ich ... Gebetszimmer, Schlafzimmer. Keine Ahnung. War ja keiner von uns jemals in deiner Wohnung.
Ich hab nichts verstanden, keinen Satz, kein Wort, hab nur dieses Geseiere gehört, durch die Wand, stundenlang, in deiner unangenehm verkratzten Fistelstimme. Man gewöhnt sich an alles, auch in einer so mangelhaft, ja fahrlässig renovierten Altbauwohnung. Meine Bücherregale haben mich geschützt, halbwegs zumindest. Die Bücher, mein Schutz und Schirm gegen deine Litaneien. Jedes Buch, das ich zu den Büchern gestellt habe, hat mich ein bisschen mehr geschützt. Egal, welches Buch, es hat geschützt und abgeschirmt. Man kann sich mit Büchern wehren, gegen Geräusche von außen, gegen Lärm jeder Art.
Nach ein paar Monaten hab ich dich gar nicht mehr wahrgenommen. Vielleicht hast du mit dem Beten aufgehört, vorübergehend. Oder du bist ausgezogen, klammheimlich, in ein Kloster übersiedelt, weiß der Himmel.

Und jetzt bist du zufällig aufgetaucht, weil du grad in der Gegend warst und einen Rettungswagen vor dem Haus stehen gesehen hast. Warum mach ich mir so viele Gedanken deinetwegen. Jovanka, nimm den Besen und jag ihn zum Teufel!

„Wer hat den Toten gefunden?“
„Bitte ich. Will Putzen, wie immer Freitag.“
„Sie sind die Putzfrau?

Sie ist nicht die Putzfrau, sie ist eine Heilige. Die heilige Jovanka aus Skopje. Sie hat bei mir geputzt, aber in Wirklichkeit hat sie mein Leben gerettet. Und wer bist du? Der Kripobeamte, der jetzt auftauchen muss, der brillante Ermittler? Soko Genickbruch?

„Oberinspektor Bauer. Und das ist meine Kollegin Kuzmany. Haben Sie irgendetwas im Zimmer berührt? Die Leiche, die Bücher? Sonst was?“
„Ich nicht. Jössusmaria. Greif ich nicht Leiche von Herrn Klinger an. Greif ich auch nicht Bücher an, außer Stauben manchmal. Kann ich jetzt gehen? Muss Putzen bei Frau Stadelmaier, die Fenster.“
„Wie sind Sie in die Wohnung gekommen, Frau …“
„Eberherr, Jovanka. Komm ich immer Freitag neun Uhr, immer seit fünf Jahren. Punkt auf die Minute. Außer Karfreitag. Ist heiliger Tag für mich. Da keine Arbeit. Bin ich gläubisch, bissl katholisch, bissl orthodox, macht nix. Immer Freitag Putzen bei

Herr Klinger. Nur Urlaub nicht, seine Urlaub, meine Urlaub."
„Hat er die Türe geöffnet?"
„Hat er nicht Türe geöffnet. Hab mich gewundert. Sonst immer macht er die Tür auf. Grüß Gott, Frau Jovanka, wie geht's. So ein freundlicher Herr. Heute nix. Ich läute, läute. Nix. Klopfe. Herr Klinger! Ich bin's, Jovanka!"
„Und?"
„Nix!"
„Haben Sie einen Schlüssel zur Wohnung?"
„Hab ich keinen Schlüssel. Wozu Schlüssel? Ist immer da, wenn ich komme, Herr Klinger. Immer."
„Wie sind Sie dann in die Wohnung gelangt?"
„Na, war offen. Ich drücke Türgriff, Türe ist offen. War sonst nie offen. Geh ich in Wohnung, Vorzimmer. Herr Klinger!? Ich bin's, Jovanka! Aber rührt sich nix. Und dann komm ich in Büro. Jössusmaria!"
„Warum war die Türe offen?"
„Weiß nicht."
„Und der Schlüssel?"
„Steckt innen. Wie jetzt."
„Er hat einen Bademantel an. Hat er Sie öfters im Bademantel empfangen?"
„Nix! Immer ordentliche Kleider. Bissl so Jeans und Hemd und Pullover mit ohne Ärmel. Ist ja bald gegangen, Herr Klinger. Hat gesagt: Ist Ihr Reich, Frau Jovanka, aufpassen, fallen nix von Leiter!"
„Und wieso trägt er heute einen Bademantel?"
„Fragen mich? Weiß nix."

Lasst doch die arme Jovanka in Ruhe. Es ist ganz einfach. Ich hab vom Postkasten im Flur die Zeitung geholt. Das mach ich immer im Bademantel. Dann bin ich wieder rauf, rein bei der Tür und dann … wie war das?

„Wissen die Kollegen von der Medizin schon Genaueres?"
„Wir haben ihn bereits leblos vorgefunden. Genickbruch höchstwahrscheinlich, aber das müssen die Experten klären, wir waren nicht auf sowas vorbereitet."
„Dass ein Mann in der Wohnung am Boden liegt unter Büchern. Und dass wir vorbeischauen sollen. Wir haben versucht ihn zu reanimieren."
„War schon zu spät. Soll ich ihm die Augen zudrücken, Herr Inspektor?"
„Wie? Ach so. Meinetwegen."

Nicht schon wieder. Lass die Pfoten von mir, sonst beiß ich dir mit den Augen deine Fingerkuppen ab!
„Darf ich das machen?"
„Sie? Wer sind Sie?"

Oh Gott, noch schlimmer! Untersteh dich, Kuno! Ich hau dir in die Eier, mit dem Knie! Verdammte Bücher auf meinem Knie! Ich spuck dir ins Gesicht! Wasch dir wenigstens die Hände, vorher.

„… in Ewigkeit, Amen."

Auch schon egal. Und jetzt mach den Abgang. Wir brauchen dich hier nicht. Dich und deine Gebete. Und du, Jovanka, nimm das Geld aus der Lade im Vorzimmer und mach dich aus dem

Staub. Bevor es die anderen finden. Die Spurensicherung wird gleich da sein. Und dann schaust du durch die Finger. Also komm, geh!

„Ich jetzt gehen, Herr und Frau Polizist. Bin schon sehr spät. Zieht Himmel zu, und dann ist Essig mit Fensterputzen bei Frau Stadelmaier!

„Einen Augenblick noch, Frau …"

„Jovanka. Eberherr, nix schwerer Name, oder? Kann man sich merken, wann man will."

„Okay. Hat der Herr Klinger allein gelebt."

„Ja. Mutterseelenallein. Seit ich hier arbeite, fünf Jahre. Immer allein gelebt."

„Keine Verwandten? Freundinnen?"

„Ich nie gesehen Verwandte, Freundinnen. Aber ich kenne nur Freitag in Leben von Herr Klinger. Weiß nicht, was Samstag, Sonntag, Montag …"

„Der Herr Klinger hat doch sicher Dokumente, Telefonverzeichnis, Adressenlisten und so."

„Draußen in Schreibtisch. Kann ich bringen, Momenterl …"

Pass auf, Jovanka! Die Polizistin ist hinter dir. Wenn die das Kuvert sieht. Sie hat das Kuvert gesehen, Scheiße!

„Meldezettel, Chef, 1950 geboren. Also ist er 61. Vor fünf Jahren aus Berlin zugezogen. Beruf: freischaffend … kein Führerschein, kein Trauschein… aber dafür das da!"

„Geld! Aha. Wie viel ist das?"

„Das sind … so ungefähr … warte … 10.000."

„Wissen Sie was von dem Geld, Frau Jovanka?"

„Was soll ich wissen? Nix weiß ich. Weiß nur, wo Dokumente

sind. Vor fünf Wochen alle Ladel geputzt. Muss sein manchmal. Herr Klinger ist gewesen dabei. Sonst ich mach keine fremde Ladel auf. Bin nicht neugierig auf so was. Kann man sich hundertprozentig verlassen auf mich. Hat Herr Klinger gewusst. Frau Jovanka, Sie sind ehrliches Haut, hat er gesagt. Immer so nett, Herr Klinger."

„Vor fünf Wochen war noch kein Geld-Kuvert im Ladel?"

„Nix, weiß nicht. Hab kein Kuvert gesehen. Und jetzt geh ich. Sonst reißt mir Frau Stadelmaier Kopf ab."

„Wie lange putzen Sie bei Frau Stadelmaier?"

„No, wann nicht regnet, drei Stunden für Fenster. Wann regnet, zwei Stunden für Schnellschnell. Fängt grad zu regnen an, schau aus Fenster! Na bitte."

„Also gut, dann kommen Sie in zwei Stunden wieder."

„Muss das sein?"

„Das muss sein!"

„Zweieinhalb Stunden, Herr Inspektor. Viertelstunde hin zu Stadelmaier, mit Bus. Dann Putzen. Dann Viertelstunde zurück mit Bus. Wenn Bus nicht Verspätung hat."

„Kommen Sie so schnell wie möglich."

„Ist Herr Klinger … ist er dann noch in Wohnung?"

„Wahrscheinlich nicht mehr."

„Tschüss, Herr Klinger, seligerweise. Dankeschön für alles."

Tschüss, Jovanka! Seit wann sagst du tschüss? Seit du für die Lehmann putzt? Ein gutes, altes, herzzerreißendes mazedonisches „tschüss" zum Abschied. Aus deinem Mund klingt das fast wie eine Liebeserklärung. Wenn du nicht schon so alt wärst, Jovanka! Und ich so tot!

„Sie sind der Nachbar?"
„Wohl oder übel. Zeller. Ich wohne nebenan, also eigentlich hinter dieser Wand, an der offensichtlich das Bücherregal stand. Aber ich bin nicht immer anwesend. Ich vertrag dieses Haus nicht, es tut mir nicht gut."
„Was heißt: Es tut mir nicht gut?"
„Katastrophales Karma. Negative Energie, verstehen Sie? Alles vibriert, alles schwingt und dreht sich in die falsche Richtung, spüren Sie das nicht?"
„Spürst du was, Kuzmany?"
„Nicht wirklich, Chef."
„Es ist unerträglich. Das hängt mit den Menschen zusammen, die hier wohnen."
„Was sind das für Menschen?"

Blabla. Dass wir alle Agnostiker sind, gottloses Volk, das die Weinflaschen in den Papiercontainer wirft. Dass wir deinen blöden Weihwasserkessel verhindert haben, dass wir die Türe zuknallen, wenn du davor stehst, dass zwei Schwule im zweiten und ein Alkoholikerpärchen im obersten Stockwerk wohnen. Und ein Mörder. Du bist eine Nervensäge, Kuno, eine bigotte, scheinheilige Nervensäge, das ist alles. Und die Typen, die du ins Haus geschleppt hast, deine Buß- und Betbrüder. Die haben wir schnell wieder verscheucht. Wir sind keine Wilden, die man missionieren muss. Wir pfeifen auf dich. Gott sei Dank hast du das irgendwann kapiert. Und hast dich halbwegs rar gemacht.

„Warum sind Sie nicht einfach ausgezogen, Herr Zeller?"
„Ich hab eine Mission zu erfüllen."

Die Wohnung gehört deiner Mutter und du musst keinen Cent dafür bezahlen, Kuno. Das ist es.

„Haben Sie von gestern auf heute hier geschlafen?"
„Geschlafen ist gut. Man kann ja nicht schlafen. Ich habe gebetet und gedöst."
„Wenn so ein riesiges Bücherregal umfällt, mit so vielen Büchern, dass muss doch einen enormen Lärm erzeugen! Haben Sie nichts gehört?"
„Oder gespürt, so Wand an Wand?"
„Nachts hab ich Ohropax in den Ohren, und am Morgen, wenn ich meditiere, trag ich Kopfhörer. Anders geht es nicht in diesem Haus."
„Aber die Druckwelle! Das muss doch wie ein kleines Erdbeben gewesen sein!"
„Wenn man sich in die ewige Wahrheit versenkt, was soll einem da ein Erdbeben?"

Okay. Also da drüben, nordseitig, 400 Meter Entfernung, wird die Eisenbahnbrücke saniert. Was heißt: saniert; neu gebaut wird die. Da werden von 7 Uhr Früh bis 6 Uhr am Abend Eisenpflöcke in den Boden gerammt, seit Monaten! Wir haben jeden

Tag Erdbeben, da ist so ein Bücherregaleinsturz eine Lappalie, ein Furz in der Wüste. Komisch, ich hab's auch nicht mitgekriegt. Ich hab keine Ahnung, wie dieses Ding umgefallen ist. Und schon gar nicht, warum. Ich weiß nur, dass ich mir dabei den Tod geholt habe. Den Tod geholt, von wo?

„Was gefunden, Kuzmany?"
„Nicht viel, Chef. Selten so ein lausiges Telefonverzeichnis gesehen. Scheint nicht viele Bezugspersonen gehabt zu haben, der Herr Klinger. Eine Klinger hab ich allerdings gefunden. Klinger Veronika. Handynummer. Wird wohl eine Verwandte sein. Soll ich anrufen?"

Erstens: Es gibt auch andere Telefonverzeichnisse. Aber die müsst ihr schon selber finden. Zweitens: okay, Veronika Klinger ist eine Verwandte von mir. Die einzige, soviel ich weiß. Eine Halbschwester. Drittens: Bitte nicht anrufen! Die weiß nichts über mich, so wie ich nichts über sie weiß. Nichts, versteht ihr, überhaupt nichts. Da weiß die Jovanka tausendmal mehr. Vergesst die Veronika!
Mein Vater hat uns früh verlassen, Mutter und mich. Nach Mutters Tod ist er einmal bei mir aufgetaucht, mit einem jungen Mädchen. Das ist deine Schwester, hat er gesagt. Ein paar Jahre später ist auch Vater gestorben; wir hatten keinerlei Kontakt. Es ist auch egal. Die Veronika hab ich vielleicht vier, fünf Mal gesehen in meinem Leben. Ich wüsste nicht einmal, wie sie aussieht oder wo sie wohnt.

„Veronika Klinger? Hier Kripo Salzburg, Kuzmany. Kennen Sie einen gewissen Martin Klinger? Ihr Halbbruder? Ja, es ist etwas

passiert. Könnten Sie in seine Wohnung kommen? Ach so, Sie leben in Linz?"
„Sie soll trotzdem kommen. So schnell wie möglich. Irgendwer muss ja auch die Beisetzung organisieren. Sag ihr das!"
„Frau Klinger, ich hab eine traurige Nachricht …"

Nicht die Veronika! Die hat null Ahnung. Die hat schon Vaters Begräbnis kaputt gemacht. Der bin ich doch völlig egal, wie sie mir völlig egal ist. Von so einer lass ich mir nicht den Abschied ausrichten. Da bleib ich lieber hier liegen und vermodere. Lasst mich hier liegen und vermodern. Das ist ein Befehl! Und überhaupt – es ist 11 Uhr, ich muss ins Café!

„Braucht ihr uns noch?"
„Eigentlich nicht, Doktor. Das heißt: außer Genickbruch …"
„… jede Menge Prellungen und Hautabschürfungen. Von den Regalen und den Büchern."
„Das Riesencut auf der Wange?"
„Wahrscheinlich vom Computerbildschirm oder von der Vase mit der Kerze drin. Ist ja alles zu Bruch gegangen. Er muss mit dem Gesicht auf den Bildschirm oder auf die Vase gefallen sein."
„Und dann ist er mitsamt dem Schreibtisch und allem Drum und Dran umgekippt."
„Domino-Effekt. Bücherwand ins Genick … dann der Körper nach vor … auf den Schreibtisch, den Monitor oder die Vase; dann knallen die Bücher, der Mann, der Bildschirm, die Kerzenvase samt Schreibtisch auf den Parkettboden. Und jede Menge Bücher rutschen nach. Das war's. Mehr wird wohl die Gerichtsmedizin rausfinden."

„Okay. Danke. Ciao!"

Hi, Frau Annemarie. Ich bin tot und ich hätte gern einen Espresso-Schwarz, wie immer. Funktioniert nicht. Espresso, wie immer!!! Wieso sitzt da einer auf meinem Stammplatz? Klar, ich bin zu spät. Aber, pardon, ich bin grad gestorben, da schleichen sich solche Verzögerungen schon mal ein. Schreckt Sie das Riesencut auf meiner Wange? Wahrscheinlich ist da gar nichts; das hat der Notarzt erfunden, damit wollte er sich wichtig machen, und die Kripo-Leute haben mitgespielt. Wow, dieses Riesencut! Ich hab kein Cut auf der Wange, ich schau aus wie immer. Oder?

Na schön, Espresso muss nicht sein. Platz brauch ich auch keinen. Ich wollte bloß kurz vorbeischauen. Weiß schon jemand, dass ich tot bin? Geh ich irgendwem ab? He ihr, ich liege tot in meiner Wohnung! Martin Klinger liegt tot in seiner Wohnung, von Büchern erschlagen!

Wolf, weißt du schon was? Wir waren ja fast so etwas wie Freunde. Stille Freunde, im Schweigen vereint. Haben unsere Zeitungen gelesen, uns freundlich gegrüßt, manchmal ein paar Worte gewechselt. Kannst du mein Begräbnis organisieren? Halt mir wenigstens die Rede! Schick die blonde Frau aufs Klo ... ist die neu? ... und hör mir fünf Sekunden lang zu. Ich zahl dir auch den nächsten Wein. Frau Annemarie! Funktioniert nicht. Shit! Die behandeln mich, als wäre ich Luft. Mein Espresso und der Wein für den Wolf, verdammt noch mal! Frau Annemarie, ich greif Ihnen an den Busen. Jetzt! Gezuckt hat sie schon. Oder zuckt sie immer so, wenn die Chefin den Raum betritt? Scheiß dich nicht an wegen der Chefin! Der blas ich Staubzucker in die Augen, bis sie blind ist! Nächstes Mal. Ach, Frau Annemarie!

„Chef, haben Sie das gesehen?"
„Was gesehen?"
„Die Bücher! ‚Hand an sich legen – Diskurs über den Freitod'; ‚Die letzte Reise – Sterben, Tod und Trauersitten'; ‚Die neue Sichtbarkeit des Todes'; ‚Lexikon merkwürdiger Todesarten' ... Eigenartige Lektüre!"
„Hast du das gesehen, Kuzmany?"
„Was?! He! Pornocassetten!"
„Ich würde sagen: der schärferen Art!"
„‚Piss-Orgie, dritter Teil' ... ‚Natursekt pur' ... ganz schön pervers, oder?"
„Bücher über den Tod und das Sterben. Pinkel-Sex-Cassetten. Normal ist das nicht."
„Jetzt wird die Geschichte langsam spannend!"

Okay. Bitte keine Legendenbildung! Kann ich alles aufklären, hört zu! Ich hab die Wohnung möbliert übernommen, mitsamt den Regalen und den Büchern. Hat alles meinem Vorgänger gehört, der überraschend gestorben ist. Warum, weiß ich nicht. War auch ein Schriftsteller, nicht rasend erfolgreich. Ich bin aus Berlin zurückgekommen, vor fünf Jahren, und hab eine günstige Bleibe gesucht. Die Wohnung war günstig, die Bücher haben mich nicht gestört. Ein paar hab ich gelesen, aber weiß Gott nicht alle. Wär auch gar nicht zu schaffen. Dann sind noch etliche Bücher dazugekommen, alles Mögliche, auch über den Tod und das Sterben. Ist ja nicht unspannend.
Am Schluss waren alle Regalfächer belegt, von oben bis unten, in Doppelreihen. 15 Quadratmeter mindestens. Drei Meter hoch. Habt ihr ein Maßband dabei? Ist auch egal. Da sind richtige Ziegel von Büchern darunter, kiloschwer. Die meisten

vom Vormieter. Dass mich die Bücher eines Tages erschlagen – wer rechnet mit sowas?!
Mit den Pornocassetten hab ich nichts zu tun. Wo die herkommen, weiß ich nicht, hört ihr? Ich weiß es nicht. Die gehören nicht mir. Null Ahnung. Ich besitze keine Pornocassetten und hab nie welche besessen. I h r seid pervers! Eure Gedankengänge sind pervers. Ihr seid auf dem falschen Dampfer, komplett! Das ist Leichenschändung, Störung der Totenruhe! Hört ihr?!

„Hören Sie zu, Chef!"
„Wir sind nicht zum Lesen da, Kuzmany. Wir ermitteln! Leg das Buch weg!"
„Irre! ‚Ein Schmied legte seinen Kopf zwischen die Blöcke eines Schraubstocks und drehte mit der Rechten das Gerät zu, bis der Schädel zerbrach.' Ist doch irre, oder? Und sowas hat der gelesen!"

Hab ich nicht gelesen. Der Satz ist mir vollkommen fremd. Ich kenne das nicht. Mir kommt das Kotzen, wenn ich so einen Satz höre! Den Kopf in den Schraubstock! Das ist nicht mein Niveau! Das Buch hat ihm gehört, meinem Vorgänger. Ich hab seinen Namen vergessen. Mannsfeld, so irgendwie. Nehmt euch meinetwegen jeder ein Buch, setzt euch ins Wohnzimmer und lest. Aber lasst mich hier in Ruhe liegen und verschont mich mit euren geisteskranken Verdächtigungen. Sonst piss ich euch voll ins Gesicht. Nehmt euch Kaffee, ist noch heiß. Und schaltet mir ja die Maschine ab. Ich bin nicht mehr dazu gekommen. Mir ist schon einmal eine Kanne verschmort. Brauch ich kein zweites Mal. Kuchen ist auch noch da, unter dem Glassturz.

„Wie kommen Sie hier herein?"
„Na, durch die Tür. Steht ja weit genug offen. Ist was passiert? Oh Gott. Der Klinger!"
„Verzeihung, aber wer sind Sie eigentlich?"

Das ist die Auerbach von links oben. Riecht ihr die Alkoholfahne? Die hat doch eine Fahne? Um die Zeit hat die immer schon eine Fahne. Mein Geruchssinn ist im Arsch. Aber ich weiß, dass die Auerbach eine Fahne hat. Glaubt ihr bitte kein Wort, die redet nur Unsinn. Der hat der Alkohol schon längst das Hirn weggefressen.

„Irene Auerbach. Ich könnte mir vorstellen …"
„Sie wohnen in diesem Haus, Frau Auerbach?"
„Ja, links oben, zweiter Stock. Er ist richtig tot, oder?"
„Richtig tot. Haben Sie ihn näher gekannt?"
„Den Klinger? Gott bewahre! Mir sind die Leute im Haus sowas von egal. Wissen Sie, ich bin Event-Managerin, da hat man mit ganz anderen Kalibern zu tun."
„Ich verstehe. Aber wenn man in so einer Hausgemeinschaft lebt, dann lernt man notgedrungen …"
„… notgedrungen lerne ich gar nichts. Und ‚Hausgemeinschaft'

ist eines der blödesten Wörter überhaupt. Bloß weil man zufällig im selben Haus wohnt, ist man noch lang keine Gemeinschaft. Ich grüße zurück, wenn ich im Stiegenhaus gegrüßt werde. Aber ich lasse mich in keine Gespräche verwickeln. Gemein. Ja, Gemeinheiten erlebt man, aber keine Gemeinschaft."

„Sie wohnen schon lange in diesem Haus?"

„Zwei Jahre. Oder drei, was weiß ich."

Gott, diese Sauftante! Riecht ihr das nicht? Schmeißt sie raus, bitte! Das ist ein Befehl! Ich bin halbnackt, und die hält schwachsinnige Vorträge über Hausgemeinschaften? Ich knall ihr eine.

„Was wollten Sie sagen, Frau Auerbach?"

„Wollte ich was sagen?"

„Sie haben gemeint: Ich könnte mir vorstellen …"

„Genau! Wissen Sie … noch dazu, wo ich ihn jetzt so sehe, nur mit dem Bademantel bekleidet und der ist fast offen … ich könnte mir vorstellen, dass das was mit seinen, sagen wir: ungewöhnlichen Vorlieben zu tun haben könnte."

„Kuzmany, schreib mit!"

„Ich schreib die ganze Zeit schon mit, Chef!"

„Welche ungewöhnlichen Vorlieben meinen Sie?"

„Naja, man hört viel in so einem Haus, besonders nachts. Dieses Gestöhne und Geächze, widerwärtig."

„Sie meinen Sex? Das kommt in den besten Häusern vor!"

Frau Annemarie, ein Glas Hauswein! Und du, Wolf, hör zu. Bitte keinen schwarzen Anzug und schon gar keine Krawatte. Komm

so wie immer. Hast du eigentlich nur dieses eine Sakko? Und diese viel zu weiten Jeans? Rasier dich nicht. Du schaust so herrlich vergammelt aus. Und jetzt das Wichtigste: die Rede. He, was heißt da: „Zahlen, bitte?“ Und Sie, Frau Annemarie, hauen Sie ab, wir sind noch nicht fertig! Lass mich nicht im Stich, Wolf. Musst ja nicht lange reden. Aber so eine halbe Stunde wäre schon fein. Oder fällt dir da zu wenig ein? Red über mich, wie ich versucht habe schweigend die Kellnerinnen anzubaggern. Oder wie mir einmal die Festspielpräsidentin so freundlich die Hand geschüttelt hat, aber bloß weil sie mich mit einem Pianisten verwechselt hat. „Welcome, Mister Snyder!“ Da warst du doch dabei. Erzähl das.
Erzähl von unseren Gesprächen über die Zukunft der Eintagsfliegen im Wintergarten oder, Scheiße, irgendwas. Zum Beispiel, dass ich einmal im Café eingeschlafen und unter den Tisch gerutscht bin, aber nur, weil ich die ganze Nacht an einer Geschichte geschrieben habe, die ich im Morgengrauen in der Badewanne verbrannt habe, 18 Seiten. Erzähl das! Und dass die anderen Kaffeehausgäste geglaubt haben, ich bin besoffen. Vielleicht wäre das die schönste Geschichte des Jahres geworden. Sag einfach: „Im Morgengrauen, nach der fieberhaften Arbeit an einer Geschichte, die wohl die schönste Geschichte des Jahrhunderts geworden wäre, hat Martin Klinger …“, sag ruhig: „… hat mein lieber Freund Martin Klinger 18 Seiten Poesie in seiner Badewanne verbrannt.“ Und dann die Sache mit dem Café.
Sag das, ich flehe dich an. Es klingt verdammt gut. Vielleicht stimmt es auch, obwohl ich mich an die Geschichte nicht mehr erinnern kann. Nur an den vorwurfsvollen Blick von der Jovanka kann ich mich erinnern. „Brennt man nicht Papierln in

Badewanne, macht viele Schmutz! Ist nicht wert, die Frau Dame." Sie hat nämlich geglaubt, dass ich den Abschiedsbrief einer Geliebten verbrannt habe. Ist doch schön die Geschichte. Zum Heulen schön, oder? Die Frau Jovanka muss unbedingt vorkommen in der Rede. Und dass ich in Berlin drei Bücher herausgebracht habe, was hier, in Salzburg, keine Sau interessiert hat. Das mit „keine Sau interessiert hat", kannst du wörtlich zitieren.

He, der will gar nicht zahlen, Frau Annemarie! Der trinkt noch einen Wein, auf meine Kosten. Wird alles über die Verlassenschaft abgewickelt. Genau, Wolf, kümmere dich um meine Verlassenschaft. Und halte mir, ich knie vor dir, eine schöne Rede! Die weißblonde Tussie ist nichts für dich, hörst du? Wolf!!! Ja, der Wein geht auf meine Rechnung. Der für die Tussi auch. Ich zahle beim nächsten Mal. Frau Annemarie, würden Sie was Nettes über mich sagen?

„Meinen Sie das, Frau Auerbach?"

„Zeigen Sie her. ‚Piss-Orgie, dritter Teil'! So eine Sau! Von wegen Hausgemeinschaft! Mit so einem hab ich nichts gemein, aber schon überhaupt nichts!"

„Und was soll das mit seinem Tod zu tun haben?"

„Ich kann mir vorstellen, gut vorstellen, dass das alles im Zuge einer abartigen sexuellen Aktion passiert ist."

„Aber er war ja ganz allein!"

„Kuzmany! Sex kann man auch allein haben. Also, wie meinen Sie das, Frau Auerbach?"

„Ganz einfach. Der schaut sich im Videorekorder einen Porno an …"

„… da gibt's keinen Videorekorder …"

„... schaut sich im Computer einen Porno an ..."
„... was hat das mit der Bücherwand zu tun ..."
„... greift hinter sich, im Augenblick der Ekstase ..."
„... verstehe, kriegt einen, was weiß ich, Teil des Bücherregals, so ein Querbrett oder Längsbrett, irgendwas halt in die Finger, reißt an ..."
„... während er an seinem Ding manipuliert ..."
„... er hat Boxershorts an, unter dem Bademantel, Chef ..."
„... ach so, hat er ..."
„... na, dann hat er sie eben, als die Wand mit den Büchern umfiel, rasch hochgezogen, Herr Kommissar. So reflexartig. Haben Sie keine Fantasie, junge Frau?"

Muss man sich diesen Schwachsinn bieten lassen? Bloß weil man tot ist? Kann wegen dieser simplen Tatsache jedes Arschloch so viel Mist über einem ausschütten? Hab ich die Augen offen oder zu? Kann mir gefälligst jemand Wachs in die Ohren stopfen! Verhaftet die Kuh wegen übler Nachrede! Sperrt sie in den Keller, zu den Ratten und den Fliegen! War das grad eine Fliege? Hat sich die auf meine Stirn gesetzt? Ist die wegen mir gekommen?! Oder haben sie die lieben Nachbarn in meine Wohnung gebracht, der Juxpfaffe Kuno und die Säuferin Auerbach?!

Sind Fliegen leicht oder schwer? Ist mein Schädel ein Landeplatz für fliegendes Getier geworden zuletzt? Ist das die Bestimmung des Menschen? Weiß die Fliege, dass ich tot bin? Riecht sie das? Und wenn sie es weiß, tut ihr das leid, ist ihr das egal? Oder angenehm? Scheiß mir bloß nicht in die Haare, Fliege, hab ich frisch gewaschen, bevor ich nach unten ge-

gangen bin, die Zeitung holen. Tu das nicht, sonst klatsch ich dich tot!
Und ihr, vor Dummheit strotzende Ermittler von der Soko Genickbruch (ist mir das eingefallen oder kenn ich das aus einem Film?) sucht gefälligst in dem verdammten Trümmerhaufen meine Bücher aus der Berliner Zeit, hört ihr?! Meine Bücher! Müsst ja nur auf den Namen des Autors achten: Martin Klinger! Sucht, bevor die Entrümpler kommen und alle Spuren auslöschen!
Zwischenbilanz: Dass man sich nicht wehren kann, ist die echte Katastrophe. Das ist die Supersauerei am Tod. Schlimmer kann's nicht werden.

„Wer steht noch auf der Telefonliste, Kuzmany?“

„Feuerwehr, Polizei, Rettung, Doris, Dutschek-Installateur, Eberherr Jovanka, Friseur, Dr. Faber, Dr. Mauracher, Pizza-Service. Wolf. Und wie gesagt Klinger Veronika.“

„Die rufst du alle durch, Kuzmany. Außer Feuerwehr, Polizei, Rettung.“

„Auch den Friseur, Chef?“

„Den als Allerersten! Friseure wissen immer viel mehr über einen Menschen als Psychiater zum Beispiel. Hast du irgendwo ein Handy gefunden?“

„Liegt wahrscheinlich unter den Trümmern. Soll ich …“

„Das soll die Spurensicherung machen.“

„Wer spricht dort? Mittersackschmöller? Sind Sie der Friseur? Kennen Sie einen Herrn Klinger? Martin Klinger?“

Ja, er kennt mich. Ich war vorgestern noch bei ihm. Frühsommerschnitt, völlig für den Arsch! Du gehst zum Friseur, du verlässt den Laden, perfekt gestylt, nachdem du fünfunddreißig Euro hingeblättert hast, und dann fährt dich ein Auto tot. Völlig für den Arsch alles. Man müsste nach dem Friseurbesuch mindestens drei Wochen Lebensgarantie bekommen. Das wäre die genialste Werbeaktion. „Wir garantieren Ihnen

drei Wochen Lebenszeit, ab Verlassen des Friseurladens. Wenn Sie vor dieser Frist sterben, kriegen Sie das Geld zurück. Gilt nicht für Selbstmörder."
Das flüstere ich dem Mittersackschmöller ins Ohr, aber ganz leise, dass er nicht erschrickt. Und der Doktor Faber auch. Plombengarantie, Zahnprothesenversicherung. Wer hat das geschrieben von den dritten Zähnen und vom Ins-Gras-Beißen? Ich nicht. Muss man das wissen? Ich muss nichts mehr wissen, aber es ärgert mich, dass es mir nicht einfällt. War das Heinz Erhardt?
Ich bin lieber zum Zahnarzt gegangen als zum Friseur, schon als Kind. Hab ich das jemandem erzählt? Der Doktor Faber? Dem Wolf vielleicht? Das würde gut in die Rede passen, zu der Badewannengeschichte. Macht mich sowas liebenswürdig oder fremd? Ist es mir egal, was die anderen über mich denken? Heute nicht, aber vielleicht nächste Woche beim Begräbnis. Es wird doch ein Begräbnis sein, ein richtig schönes, fettes Erdbegräbnis, bei Regen und Sturm, und keine Kremation, mit Urnenbeisetzung irgendwann, im engsten Familienkreis. Gibt ja nur diese engste Familien-Veronika, sonst niemanden, niemanden, den ich kenne jedenfalls. Das ist bitter genug.
Friseure hab ich gehasst, die haben mir oft genug mein bisschen Seele zwischen den nassen Handtüchern zerdrückt, mir meine Identität abgehobelt, weggefräst. Friseure sind Mörder, das hab ich einmal geschrieben. Aber hat es wer gelesen, außer Doris? Der Mittersackschmöller war der zweite Friseur, bei dem ich mich halbwegs wohlgefühlt habe. Mein Gott, was hat mir der vom Segeln erzählt, den ganzen Haarschnitt lang. Aber irgendwie war er ganz okay. Vor Zahnärzten hab ich mich nie gefürchtet, nie!

Die Faber ist ein wunderschönes Weib, trinkt vielleicht ein bisschen viel Prosecco in aller Herrgottsfrüh. Man riecht das, ich riech das, ich hab das gerochen. Ich rieche nichts mehr. Ruft die Doktor Faber an, sagt ihr, mir ist eine Plombe rausgefallen. Ich brauche dringend Hilfe! Ich zahl ihr 10.000 Euro auf die Hand, ohne Rechnung, ich steck sie ihr heimlich ins Dekolleté. Sagt ihr: Er liegt in seinem Büro, unter den Büchern, und wartet voller Geduld und Sehnsucht auf Sie, Frau Doktor Faber! Hab ich den Mund offen oder zu? Sieht man meine Zähne? Obere Reihe, untere Reihe? Die Brücke hat sie mir gebaut! Billig ist sie nicht, die Faber. Umsonst ist der Tod.

Der Fabian in Berlin, das war der Erste, der Beste. Ein lausiger Friseur, aber der Beste. Den hab ich gern gehabt, obwohl er Friseur war. Ist nach dem Tod seiner Mutter von München nach Berlin gezogen, weil er es in München ohne Mutter nicht ausgehalten hätte. Ich hab es in Salzburg auch nicht mehr ausgehalten ohne Doris. Den Fabian am Kudamm hab ich zufällig gefunden, als mir die Haare in die Augen hingen. Von ihm hab ich mich aus purem Mitleid schneiden lassen. „Er ist aus Mitleid zum Friseur gegangen", das wäre ein hübscher Satz, „und furchtlos und gelassen zu den Zahnärzten!"

„Hast du diese Doris angerufen, Kuzmany?"
„Hab ich, Chef, aber da hebt niemand ab."
„Dann sag was auf den Anrufbeantworter!"
„Gibt keinen Anrufbeantworter."
„Und bei Dr. Faber?"
„Da läuft der Anrufbeantworter. Dr. Charlotte Faber, Zahnarztpraxis …"

„Sag ihr, sie soll sich sofort bei uns melden!"
„Hab ich schon, Chef."

Doris, wo steckst du? Seit fünf Jahren such ich dich, seit ich zurück bin. Dass du nicht mehr in der alten Wohnung lebst, weiß ich schon lange. Dass sich, wenn jemand abhebt, ein Zoran meldet, weiß ich auch. Und die schwindligen Ermittler werden das bald rausfinden. „Hier wohnt keine Doris". Oder: „Doris? Nie gehört!" Das ist eine falsche Fährte. Keine Doris unter dieser Nummer.

Könnte mir jemand die Tränen von den Wangen wischen? Oder seht ihr das nicht? Seht ihr nur mehr einen Kadaver, einen Gegenstand? Bin ich ein Gegenstand, einer, der unter den Büchern liegt und keiner Fürsorge mehr bedarf? Den man liegenlassen kann, bis die Maden schlüpfen oder die Bestattungsmänner auftauchen? Ich hab grad an ein Lied gedacht. Und jetzt heule ich eben, mit Tränen oder ohne Tränen. Ich bin so sentimental, dass die Erde beben müsste unter meinen Seufzern. Dass ganze Bücherwände samt Inhalt auf mich niederknallen müssten. Diese Tränen! Jetzt schaut ihr mich nicht einmal mehr an. Bin ich keines Blickes würdig? Wow, was für ein gestelzter Satz! Dann heule ich eben, ohne dass wer was merkt. Wahnsinn! So geheult hab ich schon seit Ewigkeiten nicht mehr.
Das Lied wünsche ich mir zur Beerdigung. Ihr müsst es mir ab sofort rund um die Uhr vorspielen, sonst halt ich das nicht aus. Sonst heule ich bei meinem eigenen Begräbnis! Wenn jetzt die Verabschiedung wäre, jetzt, in fünf Minuten zum Beispiel, und dieses Lied würde aus den Lautsprecherboxen in der Ausseg-

nungshalle erklingen – ich würde sowas von schluchzen! Zum Gotterbarmen! Auch wenn ihr das nicht mitkriegt, auch wenn euch das wurscht wäre. Ich muss mich emotionell abhärten gegen diese Musik. Wo treib ich auf die Schnelle das Lied auf? Wenn man nicht so verflucht eingeschränkt wäre als grad Verstorbener!

Hab ich's nicht irgendwo aufgeschrieben? Nicht dieses Lied, aber andere Lieder für den Ernstfall? Tom Waits zum Beispiel, alles von Tom Waits. Oder The Beasts Of Bourbon: „Rest in Peace". Das sind nur die Reservelieder, die Notfallslieder. Das wichtigste steht nicht auf der Liste. Wahrscheinlich findet ihr nicht einmal die Liste. Ich hab sie in Berlin geschrieben, in einer tiefschwarzen Nacht. Hab ich sie überhaupt nach Salzburg mitgebracht?

Hab ich mit dem Fabian darüber geredet, damals in der Kneipe, nach dem Haarschnitt, als er mich küssen wollte? Oder mit der Linda von der Straßenzeitung? Oder mit der Kellnerin bei „Julchen Hoppe" im Nikolaiviertel? Weiß noch irgendwer was über meine letzten Musikwünsche? Und wenn ja, weiß derjenige oder diejenige auch, dass ich tot bin? Ich, Martin Klinger!

Spielt mir bloß keinen Pavarotti und keinen Bocelli! „Time to Say Goodbye" könnt ihr euch in den Hintern schieben samt CD-Player! Wenn ihr „Time to Say Goodbye" spielt bei meiner Verabschiedung, dann steh ich auf, nehm meinen Sarg und geh. Das wird ein Skandal! Die Zeitungen und das Lokalfernsehen werden darüber berichten!

Wenn ich in Berlin (war das Berlin? Ja, klar!) bei einer Trauerfeier geredet habe, für lausiges Geld, haben sie fast immer

„Time to Say Goodbye“ gespielt. „Ave Maria“ und „Time to Say Goodbye“. Manchmal Grönemeyer, Eric Clapton, Xavier Naidoo. Manchmal. Aber immer, so gut wie immer, den Bocelli. Ich will dieses Lied hören, dreimal, am Anfang, am Schluss, in der Mitte: „Heile, heile, Gänsje“, vom singenden Dachdeckermeister Ernst Neger interpretiert. „Heile, heile, Gänsje, 's ist bald wieder gut / 's Kätzche hat a Schwänzje, 's ist bald wieder gut! / Heile, heile Mausespeck – in hun'ert Jahr' is alles weg!“ Und jetzt alle! Die ganze Trauergemeinde, auf mein Kommando! Laut und rührselig! „Heile, heile, Gänsje, 's ist bald wieder gut …“ Wieso schaff ich das nicht? Wieso heul ich in einer Tour? Ist doch nur ein Lied! Und du bist, verdammt noch mal, tot, Alter! Wie red ich mit mir?

„Und? Mord oder Selbstmord?“

„Charly! Hast du wieder den Polizeifunk abgehört!“

„Nie im Leben, Kommissare! Ich bin ein seriöser Journalist, wie Sie wissen!“

„Seit wann, Charly?“

„Seit immer und ewig. Mir haben die Vögelein was gezwitschert. Schau doch einmal im Andräviertel vorbei, ganz unverbindlich. Schau ich also vorbei. Und was sehe ich? Einen Polizeiwagen. Ich hab mir gedacht, vielleicht kann ich irgendwie helfen? Man ist ja auch nur ein Mensch. Und dann war die Tür offen. Und jetzt seh ich das da! Oh Gott, schaut echt arg aus! Wer ist der Mann?“

„Martin Klinger. Kennst du den, Charly? Du kennst doch jeden in der Stadt?“

„Klinger? Martin? Nie gehört, ehrlich nicht. Schaut nach Mord aus, Kommissare, oder?“

„Wie kommst du auf Mord?“

„Meinen Sie Selbstmord?“

„Könnte ja ein Unfall gewesen sein.“

„Glauben Sie doch selber nicht, Kommissare! Was war er denn von Beruf?“

„Wir sind noch am Ermitteln.“

„Martin Klinger sagen Sie? Hat der nicht Martin Klinger geheißen, voriges Jahr, der am Hauptbahnhof in eine Schlägerei verwickelt war, mit der Türkenbande? Ein Toter. Erinnern Sie sich? War eine sehr dubiose Geschichte damals. Hat da nicht ein Klinger recherchiert, auf eigene Faust, irgend so ein Schreiberling?"
„Kuzmany, ruf im Archiv an!"

Charly Wie-immer-du-heißt, hör sofort mit dem Fotografieren auf! Du hast kein Recht dazu. Niemand hat das Recht dazu, einen Toten einfach abzuknipsen. Einfach so abzuschießen. Du schießt einen Toten ab. Hast du einen Waffenschein? Einen Toten-Abschieß-Waffenschein? Warum kontrolliert das keiner? Das ist wider die Menschenrechte! Paragraph Sowieso: Jeder Mensch hat das Recht, als Toter nicht fotografiert zu werden. Schon gar nicht zu kommerziellen Zwecken!
Du knipst und knipst, und die Bilder werden nichts über mich aussagen. Du musst dich mit meinem Leben beschäftigen, bevor du abdrückst. Du musst alles über mich wissen, alles, sonst wird das schwere Körperverletzung und sonst nichts. Du verletzt mich, meinen Körper, meine Würde mit deiner Digitalkamera. Wahrscheinlich hast du schon drei Dutzend Bilder an die Redaktion geschickt, und die schmeißen alles weg, löschen alles aus den Speichern, bis auf das eine Bild, das schrecklichste: ein Mann liegt unter Trümmern, kaputtgeschlagen von Büchern über den Tod. Und genau dieses scheußlichste aller Bilder wird morgen in der Zeitung zu sehen sein. Aus!

Verkauft ihr ein einziges Exemplar mehr, wenn ihr das Bild abdruckt? Hab ich ein Mitspracherecht? Darf ich mir zuerst noch das Cut auf der Wange wegschminken? Wer kriegt die Tantiemen? Habt ihr die Kontonummer von der Jovanka? Der müsst ihr 10.000 Euro überweisen für jedes Bild. Wenn schon ein Foto, dann eines aus meiner guten Zeit, eines aus Berlin. Ich im Ruderboot am Großen See im Tiergarten. Das Foto muss irgendwo unter den Büchern liegen, in der Berlin-Schachtel, wenn es die noch gibt. Wenn sie die Scheißbücher nicht plattgemacht haben. Den Fabian könnt ihr ja wegschneiden. Das ist der, der rudert. Und jetzt Schluss mit dieser Blitzlicht-orgie! Hörst du?! Charly Wie-immer-du-heißt! Keine Genick-bruch-Scheußlichkeiten! Stopp! Ich verbiete mir das! Ich verbiete mir jegliche nicht autorisierte Veröffentlichung! Ich ruf meinen Anwalt an!

„Hab ich nix ausgehalten bei Frau Stadelmaier. Hab ich geputzt schnell, schnell. Jössus, ist immer noch da, der Herr Klinger, seligerweise."

Jovanka, dich schickt der Himmel. Steig dem Fotoaffen mit deinen scharfen Schuhen in die Eier! Jetzt! Jetzt hat er dich auch fotografiert. Jetzt wirst du berühmt.

„Frau …"
„Eberherr, is nix schwer der Name. Eberherr, Jovanka. Können Frau Eberherr zu mir sagen, Herr Polizist. Macht nix."
„Frau Eberherr, ist Ihnen in der letzten Zeit irgendetwas Besonderes aufgefallen an Herrn Klinger?"
„No, was soll aufgefallen sein. Bissl zugenommen hat er. Aber Mann in seinem Alter darf ruhig bissl zunehmen. Mein Mann seligerweise …"

„War er krank?"

„Aber Gotteswillen, niemals krank. Hat nix gesagt. Ausgeschaut wie blühender Zwetschgenbaum. Einmal, voriges Jahr, eine Woche Krankenhaus, aber sonst nix."

„Eine Woche Krankenhaus? Warum?"

„Ja bin ich Frau Onkel Doktor von Herrn Klinger? Hat nur gesagt: jetzt war ich bissl krank, jetzt bin ich wieder bissl gesund. Ist ja ganz normal."

„Was heißt ‚bissl gesund', Frau Eberherr?"

„Na heißt: bissl gesund. Das ist doch genug. Bissl gesund ist besser als bissl krank. Viel besser."

„Fällt Ihnen sonst was Wichtiges ein?"

„Bissl ernst ist er gewesen, Herr Klinger, letzte Zeit. Weiß nicht, Sorgen vielleicht mit Arbeit …"

„Mit welcher Arbeit, Frau…"

„Immer schreibt er. So viele Papier. Ich trag Papierkorb runter in Mist – so viele Papier, alles zusammengedrückt wie Schneeball. Hunderte Papierschneeball in einem Kübel. Jeden Tag hunderte Schneeball."

„Was hat er denn geschrieben?"

„Herr Polizist! Bin ich Schnüffler? Jovanka stierlt nix in fremde Sachen. Ich bin anständige Frau!"

„Das glaub ich schon, aber a bissl stierln?"

„Nix bissl stierln. Gar nix. Geht mich nix an."

„Andere Frage: Haben Sie heute schon den Papierkorb ausgeleert?"

„Gute Frage, Kuzmany! Also, Frau Eberherr, haben Sie heute schon den Papierkorb ausgeleert?"

„Hab ich nicht ausgeleert. War ja nix drinnen."

„Kein Papierschneeball?"

„Nix! Darf ich Herr Klinger a Kreuzl in die Hand drücken, für die ewige Seligkeit?"
„Was wollen Sie?"
„Da, diese Kreuzl! Hab ich immer in Geldtaschl, aber jetzt Herr Klinger braucht das mehr als ich. Hat eh nix genutzt in Geldtaschl. Soll ihm helfen rüber in andere Welt. Hab ich meinem Mann seligerweise auch in die Hand gedrückt."
„Ein Kreuz?"
„Eh so klein. Passt in a Kinderhanderl. A bissl orthodox, macht nix. Darf ich das, Herr Polizist?"
„Von mir aus. Aber ziehen Sie die Handschuhe an, wegen der Fingerabdrücke."

Danke, Jovanka. Das ist ganz lieb von dir. Darfst mich auch auf den Mund küssen. Schade. Hab ich wirklich zugenommen? Und warum schaust du so verheult aus? Wegen mir?

„Das nimmt Sie ziemlich mit, Frau Eberherr, oder?"
„Weil ich hab rotgeweinte Augen, Frau Polizist? Das ist wegen der Frau Stadelmaier. Die hat so geheult. Und wenn wer heult, ich muss mitheulen. Da hupft der Aff' ins Wasser! Das ist wie Wasserfall."

He! Die Sonja hat geheult? Das finde ich stark. Ein richtiges kleines Glücksgefühl so gegen Ende. Ja, ich hab dich auch sehr geliebt, Sonja. Mehr als die anderen. Waren ja nicht viele. Und du warst die Wichtigste von allen.

„Hat so geweint, Frau Stadelmaier, wegen blöden Trottel, pardon vielmals. Hat schon oft geweint, wegen blöden Trottel.

Einmal ganz wie schnurrender Kater, einmal wie Teufel. Einmal kommt, einmal geht. Immer so viel schreien! Hat nicht leicht, Frau Stadelmaier. So geweint!"

Bin schon da, Sonja. Im Trösten war ich immer gut. Vergiss ihn. Lass dich nicht quälen! Wenn du schon nicht wegen mir heulst – wegen „blöden Trottel" brauchst du auch nicht heulen! Wo bist du? He, die Kerze ist ganz schön weit runtergebrannt! Aber das Foto hast du nicht gefunden: ich, im Yogi-Kopfstand, auf den Steinen am Saalach-Ufer. In unserer paradiesischen Zeit. When I was young … didl-dididl-didumm … when I was young. Eric Burdon, erinnerst du dich? Scheiße, wer stöhnt da drinnen! Soll ich dir helfen, Sonja? Sonja, Mistvieh! Du lässt dich vögeln am helllichten Tag? In der Küche? Von diesem blöden Trottel? Einmal kommt, einmal geht. Versöhnungsfick? An meinem Sterbetag? Ist dir gar nichts heilig? Ein altes Weib wie du?! Und ein Fettsack wie dieser Kotzjürgen?! Schämt ihr euch nicht? Und wegen dir heult sich die Jovanka die Augen aus dem Leib? Oh Gott, Sex im Alter. Schaut Scheiße aus, so von außen betrachtet. Der hat einen Arsch wie ein Schlauchboot! Ich schalt jetzt die Herdplatte ein!

„Bitte möchte jetzt gehen. Muss kochen für Familie."
„Eine Frage noch."
„Bitte, Herr Polizist."
„Ach nichts. Schreiben Sie uns Ihre Telefonnummer auf …"
„… Hab ich nur Handy!"
„Okay. Wir rufen Sie an."
„Aber erst 18 Uhr. Vorher putzen. Da telefonier ich nix mit Handy. Außer ein Notfall. Also tschüss."

„Äh, Frau Jovanka … doch noch eine Frage. War der Herr Klinger manchmal, sagen wir: jähzornig. Hat er getobt, hat er gebrüllt, hat er, was weiß ich, vor Wut etwas kaputtgeschlagen. Haben Sie Scherben entsorgen müssen, zertrümmertes Geschirr. Hat es in seinem Büro öfter so ausgesehen wie jetzt? Trümmer und Bücher. Wie nach einer Explosion oder nach einer Schlacht. Nur halt ohne Herrn Klinger als Leiche darunter. Sie verstehen, was ich meine?"

„Versteh ich, ja, Frau Polizist. Hab ich ja nicht Sprung in der Schüssel. In Mazedonien bin gegangen in Mittelschule, gut gelernt. Bin nix bleed!"

„Also hat er … war er …"

„Hat er nix geschrieen, Herr Klinger. So ein feiner Mensch. Immer kleines Lächeln. Einmal, das war voriges Jahr, glaub ich, hat bissl so ausgeschaut wie heute. So Bücher auf Fußboden und so viele Papierlschneeball. Alles drunter, drüber. Aber ich hab nix gefragt, hab nur aufgeräumt und geputzt."

„Sie haben ihn nicht gefragt …"

„Bin ich Polizist? Nix gefragt. Nur: Geht's Ihnen gut, Herr Klinger. Und er gesagt: Jetzt schon. Jetzt schon wieder. Und dann hat er mir doppelte Lohn gezahlt. War immer großzügig, immer Spendierhose."

„Aber warum …"

„Geht mich nix an. Vielleicht jemand anderes hat gestierlt und alles drunter und drüber gemacht."

„Sie meinen, ein Einbrecher?"

„So viele Einbrecher heutzutage."

„Wann war das genau?"

„War Juli, Anfang von Juli. Weiß ich noch, weil ich hab geputzt halbnackert, so heiß war es. Aber erst, nachdem Herr Klinger weg gegangen. Putz ich doch nicht halbnackert, wann er da ist! Hat nix gesagt, wegen Einbruch oder sowas. Doppelte Lohn, weil so viel Arbeit für mich!"

Jovanka, Jovanka! Du hast halbnackert bei mir geputzt? Echt stark. Aber diesen Idioten von der Kripo hättest du das nicht erzählen müssen. Die haben sowieso schon eine schlechte Meinung von mir. Was glaubst du, was jetzt in deren Köpfen vorgeht! Ich hätte das damals der Polizei melden sollen. Aber das war mir zu blöd. Ich weiß ja auch gar nicht, was der Arsch in meinem Büro gesucht hat. Ob das eine Warnung gewesen sein soll. Und ob er es überhaupt war. Oder sie? Oder ganz wer anderer, ein Strohmann. Seit damals ist nichts mehr vorgefallen. Es herrschte wieder Frieden im Haus ... wie man so schön idiotisch sagt. Glaubst du, dass der was mit meinem Todesfall zu tun hat? Oder sie? Wieso kann ich mich ausgerechnet an die Details von heute früh nicht erinnern? Ich hab die Zeitung geholt, im Bademantel, wie immer ... warum hab ich die Tür nicht zugesperrt? Totales Blackout. Und wie halbnackert? So richtig in BH und Höschen? Und wenn ich früher als sonst heimgekommen wäre? Jovanka! Was man alles erfährt, wenn man tot ist! Jetzt geh. Hab dich, Sie gern gehabt.

„Vielleicht stimmt das, Kuzmany …"
„Was, Chef?"
„Naja, dass er sich einen Porno angeschaut und dabei die Kontrolle über sich verloren hat. Eine falsche Bewegung in der Erregung. Griff nach hinten ans Bücherregal. Und rumms! Wär doch möglich."
„Gibt keinen Videorekorder!"
„Weiß ich auch, Kuzmany. Schau die letzten Internetseiten durch, die er angeklickt hat!"
„Das Ding ist hin, Chef. Da kriegt man nicht einmal die Festplatte raus. Wie nach einem Cabrio-Crash mit 100 gegen die Hauswand."
„So schwer können Bücher sein?"
„Schaut so aus, Chef!"
„Hat er eine Erektion, Kuzmany? Gibt es da irgendwo Spuren von Samenflüssigkeit?"

Aus. Schluss. Das ist jetzt nicht mehr wahr, oder? Vergreif dich nicht an meinem Schwanz, verdammte Polizistenkröte! Das ist Privatsphäre. Und schon gar nicht, wenn der Fotograf in der Nähe ist! Lieber Gott! Jetzt red ich schon mit dem, der mir immer verflucht egal war. Lieber Gott, die Kuzmany soll ihre

Pfoten weggeben! Außerdem ist das Sache der Gerichtsmedizin!

„Soll das nicht lieber die Gerichtsmedizin machen, Chef?“
„Okay. Hoffentlich kommt die Taschner bald. Ich will nicht alt werden hier in dieser ungustiösen Szenerie.“

Lieber Gott, Danke. Hast du der Kuzmany den Satz mit der Gerichtsmedizin eingebröselt? Oder bin ich schon Gedanken-in-fremde-Gehirne-Bläser? Wo kommen die komischen Wörter her? Die Taschner? Ist das die berühmte Taschner, von der man manchmal in der Zeitung liest? Gerichtsmedizinerin Dr. Elisabeth Taschner? Wenigstens ist die hübscher als die Kuzmany. Hat erst letzte Woche im Lokalfernsehen ein Interview gegeben; da ist es um eine erdrosselte Prostituierte gegangen. Oder war das der Politiker, der vom Berg gesprungen ist? Sind das Hirnlücken? Ist das wichtig, dass man das weiß? Zersetzt sich mein Kopf so schnell? Oder ist es mir einfach wurscht, wurscht, wurscht? Sind einem, wenn man tot ist, andere Tote egal? Wird sie Spermaspuren an meinem Penis finden? Hab ich einen Steifen oder nicht? Wenn man was spüren würde! Hab ich eine, wie?, Erektion … seit ich mir die Jovanka in BH und Höschen vorgestellt habe? Die ist ja fast so alt wie ich! Jovanka, ich seh dich nicht! Verwischst du heimlich Spuren in der Wohnung? Welche Spuren? Meine? Oder bist du gegangen? Sehen wir uns erst zum Begräbnis wieder? Wer hat jetzt die 10.000 Euro? Und wo kommen die überhaupt her?
Die Pornocassetten sind definitiv nicht von mir. Ich schwöre! Gott ist mein Zeuge! Sag was, Gott, gegen die Kuzmany und ihren Chef bin ich machtlos. Die wollen ein Sexmonster aus mir machen, ein perverses Stück, eine Abnormität, eine Schlagzeile

für den Boulevard. Und der Reporter wird ihnen dabei helfen. Stink ich schon? Hab ich Flecken im Gesicht? Wächst mein Bart noch immer? Langsamer oder schneller? Hab ich die Augen offen oder zu? Grinse ich? Die meisten Toten grinsen, das ist eine ganz einfache Muskelgeschichte. Aber die Angehörigen freuen sich. Diese friedliche Entspannung, diese faltenfreie, leicht grinsende Schlussposition, das ist ein physikalisches Ereignis. Ich hab mich wahrlich damit beschäftigt. Wenn ich nicht grinse, zieht mir bitte die Mundwinkel hoch. Ich möchte grinsen wie alle anderen. Seht ihr den Schmetterling an der Fensterscheibe? Ist das eine Fliege?

„Hast du die Zahnärztin erreicht, Kuzmany?"
„Nö. Immer noch der Anrufbeantworter."
„Charly, verschwinde. Mehr als einen Toten unter einer eingestürzten Bücherwand gibt es hier nicht zu fotografieren."
„Im Ernst, Kommissare, worauf tippen Sie? Mord, Selbstmord, Sexualunfall?"

Erdbeben. Sag bitte Erdbeben, Kommissare. Ach ja, und die Zahnärztin ist auf Urlaub, seit einer Woche. Hört ihr?

„Alles möglich, nichts gewiss. Und jetzt hau ab, Charly!"
„Ich bleib noch, ganz leise."

Erdbeben. Es ist doch so simpel! Ein Mann hat in einem Mietshaus im Andräviertel, Salzburg also, im Bademantel die Zeitung aus dem Briefkasten, der sich im Eingangsbereich des Stiegenhauses befindet, geholt, sich an seinen Schreibtisch im Arbeitszimmer gesetzt und zu lesen begonnen. Und dann kam dieses

Erdbeben, das stärkste seit Menschengedenken. Oder war das in Skopje im vorigen Jahrhundert stärker? Die Zeiten verrutschen. Ist das Hirnflackern? Ich tippe auf Erdbeben. Was anderes kann ich mir nicht vorstellen. Ich weiß nichts anderes. Ich war dabei, offensichtlich, aber ich weiß nichts anderes. Ich hatte nie Pornos im Haus. Gibt keinen Videorekorder. Das stimmt doch? Stinke ich? So schnell stinkt man nicht, und wenn, dann rieche ich nichts. Er war ein ...
Was wirst du sagen, Wolf? Bitte sag was Schönes, keine Lobhudelei, keinen Schmus, eine Viertelstunde genügt, oder zehn Minuten, einfach was ganz, ganz Schönes über mich. Er war ein ... wer war ich? Das fehlt mir noch! Nachdenken, wer ich war, was für einer ich war, warum ich der war, der ich war! In Berlin hab ich echt schöne Trauerreden gehalten, da hab ich wildfremde Menschen verabschiedet. Hab die nächsten Angehörigen gefragt: Wer war er, wer war sie, was für eine, was für einer sie, er gewesen seien. Ich hab zugehört, drei Stunden manchmal, und hab mir meine Reden zusammengepuzzelt. Kein Schmus, nichts Feierliches, keine Spur von Pathos, nichts Klerikales, das schon gar nicht. Keine Verurteilungen, kein Keulenschlag von wegen Hölle oder Fegefeuer. Das machen die Pfaffen, mit sowas hab ich nichts zu tun. „Sprecht von mir wie eh und je und nicht anders. Werdet nicht feierlich oder traurig", Augustinus bzw. Charles Pierre Peguy, je nachdem, welche Variante man wählt. Erst die Lebensgeschichten, dann dieser Text. Oder umgekehrt. Und dann, so gut wie immer: „Time to Say Goodbye". Ich hab immer Geschichten erzählt, zum Heulen, zum Lachen. Es geht ja nur darum, ganz am Schluss Geschichten zu erzählen, die einen zum Heulen und zum Lachen bringen. Verstehst du, Wolf? Die Menschen sollen

weinen und lachen. Erzähl, dass ich einmal von einem Kamel gefallen bin.

„Die ist noch mit einer mumifizierten Leiche beschäftigt, die Taschner. Das kann dauern, Chef!“
„Hast du die Hausparteien durch?“
„Ist ja niemand daheim außer dem Pfarrer da drüben und der Auerbach von links oben. Aber die hat sich hingelegt. Ich soll später kommen.“
„Steck ihnen Zettel an die Tür. Sie sollen sich melden, und zwar unverzüglich!“

Sie ist also mit einer mumifizierten Leiche beschäftigt, die hübsche Frau Gerichtsmedizinerin. Eine mumifizierte Leiche hat Vorrang, dann komme ich, vielleicht. Der, den die Bücher erschlagen haben. Aber womöglich springt in der Zwischenzeit ein anderer Politiker vom Berg oder es wird eine weitere Prostituierte erdrosselt. Man muss sich an die Rangordnung halten. Ab wann beginne ich zu mumifizieren?
Wichtig ist ... was ist wichtig? Dass mich niemand mehr küsst, scheint ziemlich wahrscheinlich. Das Ende des Küssens. Der Tod beginnt mit dem Ende des Küssens. Der letzte Kuss war der von einem Sanitäter. War ich da wirklich schon tot? Der erste Kuss, den ich von einem Mann bekommen habe. Der Fabian in Berlin hat es probiert, aber dem bin ich grad noch ausgewichen, zweimal. Dem Kuss des Sanitäters kannst du nicht entkommen. Das ist ja auch kein Kuss. Lippen auf Lippen gepresst. Und doch ist es kein Kuss. Der letzte echte Kuss, Gott, wann war das? Mein Hirn!!! Herz?

„Hallo Annemarie! Wie war's im Urlaub?"
„Wahnsinnig toll. Zuerst 14 Tage Griechenland, dann eine Woche London."
„Klingt gut! Die neue Frisur steht Ihnen prima!"
„Danke. Darf's noch was sein?"
„Einen Prosecco für den Kreislauf."
„Gern. Sonst noch was?"
„Haben Sie den Klinger heute schon gesehen?"
„Den Klinger?"

Wieso sagen Sie „den Klinger"? Ich sag ja auch „Frau Annemarie" zu Ihnen, obwohl ich fast doppelt so alt bin. Und du, Wolf, hast du nichts zu tun? Sitzt noch immer da. Die haben bald Schichtwechsel! Ist deine Weißblonde aufs Klo verschwunden? Oder war das gar keine Weißblonde? Bin gespannt, wie ihr alle schaut, morgen, wenn das in der Zeitung steht! „Martin Klinger" oder wahrscheinlich: „Martin K.", sicher nicht der volle Name, solang man nichts Genaues weiß. „Martin K., 61 ..." Und dann die Erdbebengeschichte. Schlecht renoviertes Altstadthaus, Hunderte Bücher, Genickbruch. Von einem kuriosen Todesfall in der Stadt Salzburg ist zu berichten ... der kurioseste Todesfall seit langem ... Rätsel gibt der Polizei ein kurioser Todesfall auf ... tot in seiner Wohnung gefunden wurde gestern früh ... unter einem Berg von Büchern ...

„Nein, den Herrn Klinger hab ich heute nicht gesehen."
„Der ist so komisch geworden in letzter Zeit, finden Sie nicht, Annemarie? Noch stiller, oder?"
„Keine Ahnung. Viel gesprochen hat er nie. Darf ich fragen – was arbeitet der eigentlich?"

Der arbeitet viel! Der ist Künstler, Schriftsteller, Trauerredner oder war es zumindest. Drei Bücher! In Berlin. Und jetzt, naja … warum haben Sie mich das nie gefragt, verehrte Frau Annemarie? Ich war doch jeden Tag im Café. Und immer in Ihrem Revier.

„Er war ganz gut, früher, glaub ich. Hat lange in Berlin gelebt, soll sogar ein Buch geschrieben haben. Aber das ist lange her. Ich glaube, er lebt von den Resten einer Erbschaft. Ist auch egal. Was machen Sie heute Abend?"

Wolf, Arsch! Hast du den Kinnhaken gespürt? Mach mich nicht kaputt! Nicht vor der Frau Annemarie. Zähl ihr die Preise auf, die ich bekommen habe irgendwann. „Unter Strom", das war kein schwaches Buch! Der Verleger in Berlin hat Pleite gemacht, aber da kann ich nichts dafür. Das Buch war echt gut. Und „Schirokko" ist ein geiles Theaterstück, da hab ich passable Kritiken in meinem Ordner, unter den Büchern. Am Nachlass, ehrlich, könntest du dich dumm und dämlich verdienen, Wolf. Mach bitte nicht alles kaputt.

„Wo kommt jetzt auf einmal die Musik her?"
„Ich glaube, von der Wohnung oben, Chef!"
„Hast du nicht geklingelt, Kuzmany?"
„Schon, aber es hat niemand aufgemacht."

Bingo! Von der Wohnung oben. Von diesem Mörderpianisten. Jetzt wird gleich eine völlig untalentierte Sängerin losbrüllen. Tonleiter, rauf und runter, rauf und runter. Und dann, nach einer geschlagenen Stunde, der Ansatz einer Arie, die Parodie eines Liedes. Die kann nicht anders. Die können alle nicht anders. Der da oben, das ist ein so genannter Gesangslehrer von der hiesigen Musikhochschule, angeblich. Musiktiefschule müsste das heißen. Und die Quietschenten sind seine sogenannten Schülerinnen.

Manchmal haut der in die Tasten, dass die Wände wackeln und man befürchtet, jetzt stürzt das ganze Haus ein. Direkt ober mir! Das geht schon in der Früh los. Dieser verfickte Jeremy Wasweißich, ein Amerikaner jedenfalls, klopft mich mit seinem Klavierspiel aus dem Schlaf. Okay, ich mag Musik, aber ich muss nicht diesen Scheiß hören. Ich hab mich bei der Hausverwaltung beschwert, aber die haben mich billig abgespeist. Haben einen Lautstärkeprüfer geschickt, mit aufwändigen Geräten, an einem Tag, an dem er nicht gespielt und an dem niemand gesungen hat. Na bitte, jetzt geht's los. Die Tonleitern, eine Sopranistin. Macht euch auf das Ärgste gefasst!

„Klingt ziemlich heavy, Chef, oder? Und so laut, als würde die hier im Zimmer singen."
„Geh rauf, Kuzmany, hol die runter."

Geh nicht rauf, Kuzmany! Ich bin einmal raufgegangen, völlig entnervt von dem Stimmengemetzel. Der hat mich vor der Wohnungstüre zu Boden gestoßen. „Fuck you, asshole!" und dann hat er mich so brutal weggeschubbst, dass ich auf den Rücken gefallen bin, mit dem Kopf haarscharf an der Lifttüre vorbei. Ich hätte mir das Genick brechen können! He, Kuzmany, da musst du zehnmal klopfen! Die Klingel hat er abgestellt, der Herr Gesangslehrer. Der hat nie gegrüßt, immer nur blöd gegrinst. Er hat mich fast umgebracht. Schieß einmal in die Luft, Kuzmany, sonst macht der nicht auf. Schrei, so laut du kannst: Polizei, Sie sind umzingelt! Verhafte ihn wie einen Terroristen, wirf ihn zu Boden, setz dich auf seinen Rücken, der Typ ist nicht größer als du, und kneble ihn. Oder noch besser: schieß ihm ein Loch in den Kopf, Kuzmany. Das ist Notwehr. Die Sängerin lass laufen, die kann nichts dafür. Die stirbt sowieso bald an ihrer Talentlosigkeit.

Klingt das jetzt hässlich oder schön? Wo ist der Unterschied? Bin ich überhaupt tot? Wo bleibt die Gerichtsmedizin? Wie mumifiziert muss einer sein, dass dieses Weib endlich anrückt? Den Tunnel hab ich nicht gesehen. Ich bin, soviel ich weiß, durch keinen Tunnel gekrochen, geflogen. Vielleicht hab ich den Tunnel verschnarcht. Ich hab einmal, in Berlin, weil das nötig war, weil alle so verzweifelt waren bei dieser Verabschiedung von dem jungen Mann, der sich im Haus seiner Großeltern erhängt hat, vom Tunnel erzählt und vom Licht jenseits des Tunnels, auch wenn ich persönlich diese Märchen nicht glaube. Aber es war notwendig, sonst wären sie mir zusammengebrochen.

Ich lüge nie, die Geschichte mit dem Tunnel ins Licht ist höchstens eine Notlüge. Vielleicht stimmt das ja auch. Ich weiß es nicht, ich hab den Tunnel ins Licht verpennt oder die ganze Geschichte steht mir noch bevor. Das Klavier da droben regt mich nicht mehr auf, der Gesang noch weniger. Welcher Engel macht sich an meinem Ohrwerk zu schaffen? Kitzelt das? Wie fühlt sich das an, gekitzelt zu werden? Oder haben die aufgehört, da droben, weil die Kuzmany beide gekillt hat, den Jeremy Sowieso und die Stimmakrobatin? Der hat sicher nicht die Tür aufgemacht. Die liegen unter dem Klavier und vögeln.

Heißt die Polizistin Kuzmany? Oder Küssmichnie? Oder Kotzmichan? Ist auch egal, hebt mir endlich die Bücher von den Beinen, aus existentiellen Gründen, was auch immer das bedeutet. Klingt Klavierspielen wie Kammblasen? Meine Frisur möchte ich sehen, ziemlich durcheinander wahrscheinlich. Fabian, nimm die Bürste und den Fön. Schade, dass du so jung gestorben bist. Beginnt das Mumifizieren bei den Haaren? In der Achselhöhle?

„Polizei! Öffnen!“
„Fuck you, asshole!“

Tritt ihm die Tür ein, Kuzmany, schieß endlich! Hilf ihr doch, Kommissare. Die fliegt gleich die Treppe runter!

Allein, wieder allein … vorüber rauscht die Jugendzeit … mein Herz ist schwer und trüb mein Sinn … hast du da droben vergessen auf mich … wieso hast du dir das gewünscht, Fabian? Alle haben geheult. Wer heult bei mir? Niemand. Heulverbot. Wir bitten von Geheule am offenen Grab Abstand zu nehmen. Im Muttergrab. Ich war einmal dabei, wie sie ein Grab ausgehoben haben, in Berlin, Waldfriedhof, und da sind richtige Knochenstückchen durch die Luft geflogen. Der Totengräber hat sie eingesammelt und in die Mülltonne geworfen. Ich muss noch schnell was aufschreiben: Bitte eine Erdbestattung, und Wolf soll die Rede halten. Kein Priester! Als Musik soll gespielt werden: dreimal „Heile, heile, Gänsje“! Das ist ein Befehl. Jede Abweichung von diesem letzten Willen wird gerichtlich verfolgt. Martin Klinger. Ich denk so lang diese Sätze durch, bis sie irgendwo auf einem Blatt Papier erscheinen.

„Ist da jemand?“

Nur ich. Die anderen sind droben und bringen gerade das größte Scheusal des Jahrhunderts um, den Tastentyrannen. Oder er hat sie umgebracht. Einerlei.
Das ist also die Taschner, Frau Dr. Taschner von der Gerichtsmedizin. Sie sollten keine so kurzen Röcke tragen. Oder schon? Blaue Augen, das hab ich nicht gewusst. Die Einweghandschuhe machen Ihre Hände bleich. Was kommt zuerst, der Kopf oder der Schwanz?

„Die Frau Dr. Taschner! Na, endlich!“
„Wir mussten grad einen rabiaten Nachbarn beruhigen. Hat aber nichts mit diesem Fall zu tun.“
„Das ist die Kuzmany, meine Assistentin.“

Beruhigen? Nichts mit diesem Fall zu tun? Kuzmany, spinnst du? Habt ihr ihn nicht erschossen oder wenigstens in Fesseln gelegt?

„Rabiater Nachbar?“
„Ach, da droben wohnt ein Gesangslehrer. Harmlos. Aber er, der Klinger, der Tote, hat ihm das Leben zur Hölle gemacht. Hat sich immer wieder beschwert über die Musik.“
„Verstehe.“

Was verstehen Sie, Frau Doktor Kurzrock? Jetzt krieg ich aber eine Mordswut. Mein Puls ist sicher auf 180. Ihr wollt mich als Hypochonder aus diesem Leben schicken? Als Querulanten? Und er, der Mördergeselle, bleibt ungeschoren? Dreht mir nicht mein Leben um! Bleibt bei der Wahrheit! Was hat er gesagt: „Ist nicht schad um den?“ Hat er gesagt: „Oh, I'm sorry“? Hat er bloß blöd gegrinst? Oder eine Flasche Prosecco aufgemacht?

Lässt du dir das „Fuck you, asshole“ einfach so gefallen, Kuzmany?

„Was macht die Mumie?“
„Spannende Geschichte. Sicher schon zwanzig Jahre tot. Hat jemand in einem Bachbett gefunden, halb skelettiert. Aber da ist noch viel dran am Gerippe!“
„Der da ist offensichtlich von den Büchern erschlagen worden, Frau Doktor. Genickbruch, hat der Notarzt gemeint.“
„Wieso liegt er dann am Rücken?“
„Die wollten ihn reanimieren.“
„Verstehe. Ja, ein Genickbruch, sicher. Der Kopf ist ja ganz verdreht. Obere Halswirbelsäule so gut wie ab, Kompression des Rückenmarks. Leichenflecken am ganzen Körper. Jetzt noch die Temperatur …“

Warum schieben Sie mir den Thermometer in den Arsch, Frau Doktor. Im Mund wär's mir lieber. Egal.

„28 Grad. Todeszeit: schätzomative vor fünf oder sechs Stunden. Genaueres, wie immer, nach der Obduktion.“

Bitte keine Obduktion. Genickbruch genügt doch. Wollen Sie jetzt auch noch in meinen Magen schauen, was ich gegessen oder getrunken habe, letzte Nacht? Nicht nötig. Ich diktiere, also …
„Wir haben Pornocassetten gefunden, vielleicht hat er …“
„Penis geschrumpft. Moment … keinerlei Spermaspuren. Der hat schon längere Zeit keinen Sex gehabt. Auch nicht masturbiert. Wow, das finde ich spannend …“

„Und zwar, Frau Doktor?"
„Das Buch! ‚Körper ohne Leben – Begegnung und Umgang mit Toten'. Ist ein Standardwerk. Fast tausend Seiten. Das müssen meine Studenten lesen, noch vor dem ersten Proseminar. Da steht alles drinnen über die pathologisch-anatomische Sektion, über Totenkulte, Mumifizierungen. Ein wunderbares Buch, leicht zu lesen."
„Wunderbares Buch, na, ich weiß nicht."
„Der Tod ist was Normales, Kuzmany. Nimm dir das Buch mit nach Hause."

„Warum hat er das gelesen? War er Mediziner?"
„Es gibt eine Menge solcher Bücher in diesem Zimmer, Frau Doktor. So viel ich weiß, also von der Putzfrau, hat er geschrieben."
„Wie ist der Name?"
„Martin Klinger."
„Klinger? Nie gehört."
„‚Die menschliche Leiche als Studienpräparat'. Soll ich das wirklich lesen, Chef?"
„Schaden kann es nicht."
„Ah, Ekel! Schauen Sie: ‚die mumifizierte Mutter aus Psycho von Hitchcock'! Der pure Horror."
„Schwache Nerven, Frau Assistentin?"
„Stell dich nicht so an, Kuzmany!"

Soll ich es noch einmal sagen: das ist nicht von mir. Das muss meinem Vorgänger gehört haben. Solche Bücher hab ich mir nicht zugelegt. Über Obduktionen hab ich nie was gelesen oder geschrieben. Ich hab mich mit der Trauer beschäftigt. Die Bücher über Trauer und Trösten sind von mir. Die anderen vom

Vormieter. Warum hört mir keiner zu. Leichenflecken. So kann ich mich nicht mehr blicken lassen im Café!

„Fast zwei Kilo wiegt der Schinken, Chef, ich hab das Buch in der Küche abgewogen. Und das da – ‚Die letzte Reise – Sterben, Tod und Trauersitten in Oberbayern': eineinhalb Kilo. Da müssen Tonnen auf ihn draufgeflogen sein!"
„Na, na, Tonnen. Aber für einen Genickbruch reicht das wohl, oder Frau Doktor?"
„Locker. Ach, wie hübsch. Die Liebesgedichte von Erich Fried. Die nehm ich mir mit."
„Nehmen Sie mit, was Sie wollen."
„War die Spurensicherung schon da?"
„Muss gleich kommen. Läuft uns ja nichts davon."
„Da steht eine Widmung drin. ‚Meinem Schatz, auf ewig, Deine Dich liebende Betty.' Kein Datum."

„Sollen wir Ihnen die Leiche gleich in die Anatomie schicken, Frau Doktor?"
„Das hat Zeit. Ich muss mich um meine Mumie kümmern, und die Kollegen sind auch schwer beschäftigt. Die ‚Liebesgedichte' hab ich meinem Mann geschenkt, zur Verlobung. Wir waren nur zwei Jahre verheiratet. Das Buch hat er mitgenommen. Naja, dann tschüss. Mehr kann ich hier nicht tun. Viel Erfolg, Herrschaften!"
„Eines noch. Die Bücherwand ist auf ihn draufgefallen. Könnte er die selbst so von hinten herausgerissen haben."
„Unwahrscheinlich aber möglich."
„Könnte jemand anderer …"
„Auch möglich."

„Könnte ihn jemand mit einem Buch erschlagen und dann die Bücherwand auf ihn gekippt haben?

„Sehr unwahrscheinlich aber nicht ausgeschlossen. Adieu! Wir hören uns später."

Betty? Moment. Betty? Verdammter Kopf? Ist das die Untertemperatur? Betty Wienoch? Berlin? Betty Berlin? Julchen Hoppe. Das ist fix. Fabian. Betty?

„Jetzt singt die schon wieder!"

„Klingt doch hübsch, Kuzmany!"

„Ich weiß nicht, ob ich das aushalten würde, Chef. Und das Klaviergedudel. Ziemlich laut."

Danke, Kussmany. Handkuz. Aber das ist nicht die von vorhin, da singt schon die nächste. Die halten ja nicht einmal die Mittagsruhepause ein. Der ist schamlos, präpotent, gewalttätig. Dein Chef, Kuzmany, hat Schweinsohren. So laut finde ich es gar nicht. Riesenvorteil, wenn man tot ist.

Altbauscheißwohnungen, miserabel renoviert. Schalllöcher überall. Sowas dürfte man nur an Gehörlose vermieten. Oder an Menschen, die schon tot sind.

Ich würde jetzt rasend gern meine Leichenflecken sehen. Einen Spiegel bitte. Würde mir jemand … Schau ich schon aus wie die mumifizierte Mutter in „Psycho"? Warum guckst du mich so komisch an, Kuzmany? Was guckst du? Gefall ich dir nicht?

„Mord oder Selbstmord, Chef?"

„Ein Unfall, höchstwahrscheinlich."

„Und worauf warten wir dann noch?"

„Worauf! Auf die Spurensicherung, Kuzmany. Und auf die Schwester. Auf die Dauer nervt das schon. Das Gedudel!"

Ich hab ihn einmal angezeigt. Und er hat Rache geschworen. Fuck you, asshole. Die Anzeige wurde wegen Nichtigkeit niedergeschlagen. Wer wurde niedergeschlagen? Ich oder die Anzeige? Beide. Und dann hat er mein Büro verwüstet. Das war doch er?! Jovanka, war er das?
Was kochst du Schönes für die Familie? Krautrouladen-mazedonisches? Kochst du in BH und Höschen? Einmal hast du mir Krautrouladen-mazedonisches mitgebracht. Müssen essen, Herr Klinger, nicht immer arbeiten, arbeiten. Sonst fallt er mir vom Fleisch! Danke für die Krautrouladen-mazedonisches. Ich hab sie im Kühlschrank vergessen, drei Wochen lang, da waren Sie auf Urlaub in Mallorca, glaub ich. Ich hab sie ins Klo geschüttet. Lecker, lecker, hab ich gesagt, als Sie wieder gekommen sind, bissl Putzen und Stauben. Sehr lecker, Krautrouladen-mazedonisches!
Nicht bös sein, ich bin ziemlich konfuzius, meschugge, macht nix oder? Bissl konfuzius sind wir doch alle, stimmt's, Jovanka? Einmal hab ich meine Schlaftablette statt dem Antidepressivum in der Früh geschluckt. Und bin am Schreibtisch eingeschlafen, Kopf auf dem Mousepad. Wie Katzerl auf Ofenbank, haben Sie gesagt. Waren wir nicht per Du seit heute früh? Hab einen wichtigen Termin verschlafen, damals. Bin nicht Dramaturg am Landestheater geworden. Verstehst Du, Jovanka? Macht nix, Herr Klinger. Ist Leben dramaturgisch genug! Bring ich Ihnen nächstes Mal Krautrouladen-mazedonisches mit. Ja, mach das, machen Sie das, liebe Frau Jovanka.
Danke.

Betty? Who the fuck is Betty?!?

Die Betty hat nichts mit dir zu tun.
Die Betty hat nichts mit mir zu tun.
„Chef, ich hab diesen Wolf dran!"
„Gib her, Kuzmany. Oberinspektor Bauer. Grüß Gott, wir haben Ihre Nummer aus einem Telefonverzeichnis von Herrn Martin Klinger. Sie sind ein Freund? … Ja, es ist etwas passiert. Er ist tot … ja, tot … dazu kann ich nichts sagen … in seiner Wohnung, könnten Sie vorbeikommen? Sie wissen ja, wo … aha, verstehe, dringenden Termin. Na gut … nur ein flüchtiger Bekannter … vom Kaffeehaus. Okay … ja, wir rufen wieder an. Danke."

Klar! Lass mich im Stich, Wolf! Ist auch schon egal. Dann halte ich mir die Rede selber. Ich kann das! Oder ich verfaule so schnell, dass sie mich in den Gully schütten müssen, bevor die Bestattung kommt. Flüchtiger Bekannter! Vor wem flüchtest du? Vor mir? Vor der Frau Annemarie? Vor der Polizei? Vor der Wahrheit? Wolf, ich könnte Dinge erzählen! Du weißt das!!! Ist das der Schock? Bist du geschockt? Oder erleichtert? Wer, verdammt, verdammt sagt jetzt das von der Badewanne und dem verglühten Meisterwerk? Oder vom Kamel? Oder von meiner Kindheit? Ein Freund, ein guter Freund, der Nuttenfreund, der Tunichtgut, der gute Freund, das größte Arschloch, das es gibt auf der Welt, gibtaufderwelt … daramm, daramm. Adios, amigo, adios goodbye. Aus. Amen!

„Schreib die Titel der Bücher auf, Kuzmany, Autor, Titel und Erscheinungsjahr."
„Wie, Chef? Alle Bücher?"
„Natürlich. Alle Bücher."
„Aber da sitz ich ja noch zu Weihnachten …"
„War nur ein Scherz, Kuzmany. Sei nicht so verkrampft. Was macht die Liebe?
„Geht so."
„Hast du sein Handy endlich gefunden?"
„Nein, Chef. Aber seinen Kühlschrank hab ich inspiziert. Ziemlich interessant."
„Schieß los!"
„Also: so gut wie leer. Ein Topf mit Krautrouladen. Butter, Erdbeermarmelade, ein Joghurt, drei Flaschen Weißwein, zwei verschlossen, eine geöffnet, halbvoll, Ketchup, keine Milch. Im Tiefkühlfach zwei Packungen Fischstäbchen. Und, jetzt kommt's: ein Schlüssel!"
„Ein was, Kuzmany?"
„Ein Schlüssel! Fast zur Gänze zugedeckt vom Eis."
„Was für ein Schlüssel, groß, klein?"
„Soll ich ihn holen, Chef?"
„Das schau ich mir lieber selber an!"

Hast du mir schon wieder Krautrouladen mitgebracht, Jovanka.

Und ich hab sie nicht gegessen! Ich bin kein guter … Patient … Putzient … wie sagt man? Wie heißt der, dem eine Jovanka die Wohnung putzt und ihn mit Nahrungsmitteln versorgt, die er dann gedankenlos im Kühlschrank vergammeln lässt? Den Wein rührt ihr mir nicht an, Polizistenbande, verstanden?! Der ist für alle Fälle. Jetzt standen sie vor einem neuen Problem: Oberinspektor Bauer und seine Assistentin Kuzmany. Im Tiefkühlfach, vom Eis beinahe zur Gänze zugedeckt, lag ein Schlüssel. Und im Zimmer nebenan, von hunderten Büchern erschlagen, lag der berühmte … vielleicht hätte ich einen Krimi schreiben sollen, einen einzigen. Milch trink ich nie, immer nur Espresso-schwarz. Was war da mit dem Schlüssel?

„Annemarie, weil Sie vorhin nach dem Martin Klinger gefragt haben …"
„Ach, nicht so wichtig …"
„Er ist tot. Ich hab grad einen Anruf bekommen."
„Tot? Ehrlich?"
„Der nächste Tote. Vor vierzehn Tagen der Schwarzenbacher, war auch so ein Sonderling. Der ist immer da drüben gesessen, bei den Nichtrauchern…"
„Ich weiß. Woran ist er denn gestorben, der Herr Klinger?"
„Das hat die Polizei nicht gesagt."
„Polizei?"
„Ja. So ein Oberinspektor hat angerufen. Aus seiner Wohnung. Ich soll hinkommen. Aber ich geh nicht hin. Ach, Annemarie, das Leben ist schon komisch, oder? Gehen wir was trinken, nach Dienstschluss?"
„War er krank, der Herr Klinger?"
„Keine Ahnung. So gut hab ich ihn auch nicht gekannt. Krebs

wahrscheinlich, stirbt ja fast jeder an Krebs irgendwann. Oder er hat sich umgebracht."
„Umgebracht, warum denn?"
„Erfolglosigkeit. Vielleicht sollte ich doch hingehen."
„Jetzt hab ich richtig eine Gänsehaut."
„Soll ich dich wärmen, Annemarie … heute Abend?"

Ich schlag, so fest ich kann, mit beiden Fäusten, immer auf deinen Kopf. Fuck you, asshole, aber du zuckst mit keiner Wimper. Als wärst du tot. Nimm die Hand von ihrer Hand, Wolf. Lass die Frau Annemarie in Ruhe. Der ist nichts für Sie! Der ist ja nicht einmal ein Freund. Ein Judas ist das, der kräht wie der Hahn am Mist. Morgen kennt der Sie nicht einmal. Ich kenne diese Kellnerin nicht. So einer ist das. Das war ein Kuss, Frau Annemarie. Und das war ein Tritt in den Unterleib, Wolf. Spürt ihr gar nichts? Gibt's keine Träne zum Nachtisch? Hab ich schon gezahlt? Frau Annemarie, zahlen bitte! Können Sie mir auf 10.000 Euro rausgeben? War nur ein Scherz. Gehört alles Ihnen.

„Was haben wir, Kuzmany: einen Toten, von Büchern erschlagen, einen Schlüssel im Eisfach, 10.000 Euro in einem Kuvert, niemanden, der etwas weiß über diesen Martin Klinger, einen völlig zertrümmerten Computer, zweieinhalb Flaschen Weißwein, Krautrouladen, Ketchup, keinerlei Spermaspuren, aber Pornocassetten, kein Handy …"
„Einen Bankauszug hab ich gefunden, Chef, von letzter Woche. 150 im Minus, keine Geldeingänge."
„Jetzt singt da oben schon wieder eine! Also langsam geht mir das auf den Geist!"

Regnet's draußen? Ist die Maul- und Klauenseuche ausgebrochen? Oder der Atomkrieg? Wieso habt ihr euch Kondome über die Körper gezogen, du und du? Wollt ihr irgendwo eindringen? In meinen Arsch? In meine Privatsphäre? Ich bin tot aber nicht aussätzig! Ich hab Aussetzer.

„Die Spurensicherung. Endlich!"
„Servus Kollegen, ging nicht schneller."
„Was gibt's, Herr Inspektor?"
„Genickbruch. Der da, unter den Büchern."
„Wahnsinn. Und wonach sollen wir suchen?"
„Nach allem. Dokumente, Fingerabdrücke, was weiß ich. Volles Programm."
„Und das Handy, Chef."
„Genau. Das Handy vor allem!"

Okay. Die zwei Beamten von der Spusi stülpten sich Einweghandschuhe über die Finger und stiefelten seufzend auf den Bücherberg zu, unter dem, immer noch, die Leiche lag. Mein Gott, die vielen Bücher, sagte die kleine Mollige, die wie ein gigantischer Herrenpilz in Vakuumverpackung aussah, und nahm einen der unzähligen Bände in den Mund … in die Hand. Wahnsinn, sagte sie, immer wieder: Wahnsinn!
Wahnsinn, kam es auch ihrem Kollegen, dem Plastikpfau, über die Lippen. Es hilft nichts, da müssen wir durch! Dann gingen sie ins Kino … gingen sie in die Knie. Aussetzer. Aussetzer!!! Zogen mit Klebestreifen Fingerabdrücke und Dreckspuren von den Büchern.
Hast du seinen Abdruck schon? Nein, das machst du! Sagte der Pilz zum Pfau. Was jetzt?! Soll ich es mir vielleicht selber

machen? Und lasst meinen Schwanz in Ruhe! Mein Körper ist tabu, der gehört der Frau Dr. Taschner. Die hat sich die Rechte an mir gesichert! Sie krochen über die Bücher wie Soldaten, die über Schlachtfelder kriechen, zogen Schreibtischladen auf und stießen sie wieder zu, im Rhythmus des Klaviergewitters und der Sopranhagelschläge aus der Wohnung oben.
Von Zeit zu Zeit steckte einer von den beiden ein Dokument des Opfers in eine Klarsichthülle: eine Taufurkunde, einen abgegriffenen Ausweis der Universitätsbibliothek, ein Blatt von einem Steuerbescheid aus dem letzten Jahr, auf dem zu lesen war, dass der Adressat dieses Schreibens bis auf Weiteres von der Steuerpflicht befreit sei und somit keinerlei Nach- bzw. Vorauszahlungen zu leisten habe; das gelte auch für die Umsatzsteuer.

„He, Inspektor, das wird Sie interessieren!"
„Zeig her, Kollege! Wow! Ist das … Koks?"
„Zucker ist es jedenfalls nicht."
„Wo habt ihr das gefunden?"
„In diesem Briefkuvert!"
„Steht was drauf?"
„Ja, da steht was drauf. Ein einziger Buchstabe."
„Und zwar?"
„K!"
„K? Koks! Gute Arbeit, Kollegen!"
„Vielleicht hat das was mit den 10.000 Euro zu tun, Chef! Von der Steuer befreit, Konto im minus, aber 10.000 Euro in der Lade. Da stimmt doch was nicht!"
„Möglich. Wenn es ein Kuvert mit dem Buchstaben ‚K' drauf gibt, gibt es vielleicht auch ein Kuvert mit dem Buchstaben ‚H'!"

„Heroin?“
„Gewonnen, Kuzmany!“
„Glauben Sie immer noch an einen Unfall, Chef?“
„Hab ich was von einem Unfall gesagt?“

Wird echt spannend. Die machen sich richtig Gedanken über mich! Sexmonster, Dealer. Das mit dem Kuvert könnte ich mit einem einzigen Satz aufklären. Aber ich lass euch zappeln. Irren und zappeln. Irres Gezappel. Im Labor werden sie euch das Koks aus der Nase ziehen!

„Habt ihr kein Handy gefunden, Kollegen?“
„Kein Handy. Aber wir haben ja noch das Klo und das Schlafzimmer.“
„Da haben wir selber schon gesucht.“

Die Leute von der Spurensicherung, das Zellophanschwammerl und der Plastikpfau, suchten fieberhaft nach einem kleinen weißen Kuvert mit der Aufschrift „H“. Aber sie fanden keines. Dann steckten sie die prall gefüllten Klarsichthüllen in ihre Taschner … Taschen, pardon, streiften sich die Kondome vom Leib, sagten tschüss mit au und tschau mit üss und traten durch die seit Stunden halb offen stehende Tür hinaus ins Stiegenhaus, wo soeben eine unbekannte Frau mittleren Alters die Treppe hochstapfte …
„Veronika Klinger. Sie sind…?“
„Oberinspektor Bauer. Wir haben telefoniert. Und das ist meine Kollegin Kuzmany.“
„Mein Beileid, Frau Klinger.“
„Ah ja, Danke.“

„Viel Verkehr von Linz bis Salzburg?“
„Ging so. Ist er schon weg?“
„Ihr Bruder …“
„Halbbruder …“
„Nein, der ist noch da. Kommen Sie.“
„Scheiße, ich hab noch nie einen Toten gesehen.“
„Aber es ist doch Ihr … Halbbruder, Frau Klinger.“

Halbbruder. Ich bin also ein Halbbruder. Klingt wie Halbaffe. Du schaust besser aus als damals, geliebtes Schwesterherz, verdammte Qualle. Was machst du da? Es gibt nichts zu erben. Scher dich zum Teufel. Dorthin, wo unser Vater dampft! Die Verabschiedung besorgen wir uns selbst, mein Freund Wolf und ich.

„Oh Gott, entsetzlich!“
„Er muss sofort tot gewesen sein, Frau Klinger.“
„Die vielen Bücher. Was macht man damit? Auf den Flohmarkt? Oder einfach anzünden?“
„Wer war Ihr Bruder?“
„Woher soll ich das wissen. Wir haben uns so gut wie nie gesehen. Und unser gemeinsamer Vater hat nichts von ihm erzählt, absolut nichts. Außer dass er die Kurve nicht gekriegt hat, der Martin. Wie ein Seiltänzer, immer so über dem Abgrund. Wie ist das passiert?“
„Wir tappen selber noch im Dunkeln. Unfall, Selbstmord, Mord, alles möglich.“
„Mord? Warum Mord?“
„Wir haben da ein paar konkrete Spuren.“
„Und was soll ich jetzt machen?“
„Erzählen Sie uns …“

„Ich weiß nichts. Weniger als Sie, Herr Inspektor."
„Ihr Vater hat wirklich nie …"
„Nein, nie. Ehrlich."
„Sie sind die einzige Verwandte?"
„Ich fürchte, ja."
„Somit auch die einzige Erbin."
„Gibt's was zu erben?"
„Die Bücher."
„Und sonst?"
„Wir haben 10.000 Euro gefunden …"
„Kuzmany, wir sind noch im Ermitteln!"
„Stimmt, Chef, pardon!"
„10.000 Euro? Gehören die mir, als einziger Verwandten?"
„Geht in die Erbmasse, das wird der Notar entscheiden. Sie müssen jetzt erst einmal das Begräbnis organisieren."
„Kann man das Radio nicht leiser stellen, Herr Inspektor?"
„Das ist kein Radio. Das ist live, kommt aus der Wohnung da oben. Ein Klavierspieler und seine Gesangsschülerin. Das geht den ganzen Tag so dahin."

Veronika Klinger, die du denselben Familiennamen wie ich trägst. Mach jetzt keinen Fehler. Veranlasse das, was ich nicht mehr veranlassen kann. Ruf die Bestattung Altenburger an, für die hab ich auch ein paar Trauerreden gehalten. Sag, ich bin abzuholen, zuerst in die Gerichtsmedizin zur Frau Dr. Kurzrock und dann in die Aufbahrungshalle am Kommunalfriedhof. Sag, ich wünsche mir den Sarg „Toskana", Linde, glänzend, oder meinetwegen auch Kiefer, dunkel. Und die Sterbegarnitur X28; die wissen schon Bescheid. Gib den Abholern meinen schwarzen Anzug mit und die schwarzgrau

gestreifte Krawatte. Weißes Hemd, schwarze Socken. Keine Schuhe! Das genügt. Da schaust du, wie ich mich auskenne, Veronika Halbäffin!?!
Und bevor mich die Frau Dr. Taschner freigibt, besprichst du mit der Bestattung das Begräbnis. Ist alles ganz einfach. Musik: „Heile, heile, Gänsje …" Dann wird der Wolf eine Rede halten, dann wieder „Heile, heile …", dann spricht die Frau Annemarie, das ist die Kellnerin von meinem Stammcafé, und zum Abschluss: „Heile, heile, Gänsje …" Das Vaterunser, meinetwegen. Aber bitte kein Priester, bloß kein Priester! Vielleicht will ja auch der Bürgermeister was sagen oder die Festspielpräsidentin oder die Frau Landeshauptfrau. Lass sie einfach reden.
Dann tragt ihr mich zum Muttergrab hinüber, während über die Lautsprecher „Heile, heile, Gänsje …" zum vierten Mal erklingt. „Heile, heile, Mausspeck", dann singt ihr volle Tube mit: „in hun'ert Johr is' alles weg!" Lasst den Sarg runter. Kein Gebet, kein dummer Spruch. Die Vögel sollen zwitschern, das ist alles. Und danach geht ihr alle zur „Hölle". Die ist ja nur einmal-Kirschkernspucken entfernt von der Friedhofsmauer. A la carte. Getränke nach freier Wahl. Und du zahlst, Veronika.

„Er wollte verbrannt werden, hat er einmal gesagt. Und dann eine Bestattung im Anonymen Urnenhain. Kein Brimborium. Keine Feier und so."
„Das geht uns nichts an, Frau Klinger. Das müssen Sie mit der Bestattung ausmachen."
„Klar, mach ich. Wo soll ich da anrufen?"
„Kuzmany, frag im Büro nach, wer heute Abholdienst hat!"
„Wird gemacht, Chef."

„Und ob die vom Archiv endlich was rausgefunden haben wegen der Türkenbande!"
Wenn du mich verbrennen lässt, Veronika, dann komm ich als Aschenwolke zu dir, jede Nacht und quäl dich, bis du dich umbringst! Keine Feier! Spinnst du? Gut, dass die von der Bestattung Altenburger mich ein bisschen kennen. Jedenfalls wissen sie, dass ich nicht verbrannt werden möchte. Ich hätte es aufschreiben müssen. Hab ich ein Testament gemacht? In Berlin? Ihr müsst ganz Berlin auf den Kopf stellen. Und dann bei Julchen Hoppe nachfragen, das ist eine dufte Kneipe im Nikolaiviertel. Bei Fabian. Warum ist der tot? Die Liebe. War's die Liebe? Ich müsste in Berlin … ein Testament, mit der Hand geschrieben oder war das ein Christkindlbrief für Ayshes Tochter? Die Chefin von der Bestattung Altenburger weiß Bescheid. Keine Kremierung, eine Verabschiedung ohne Priester.

„Heute hat die ‚Städtische' Abholdienst. Die kommen so in einer Stunde. Ist doch okay, oder?"
„Ist okay, Kuzmany. Sie könnten gleich mitfahren, Frau Klinger. Die bringen Sie ins Büro und dann fahren sie mit dem Leichnam weiter in die Gerichtsmedizin."
„Ich soll mit dem Leichenwagen? Nie im Leben. Außerdem bin ich mit meinem eigenen Auto da."
„Na gut, Sie können ja hinter dem Leichenwagen nachfahren. Und die Türkengeschichte, Kuzmany?"
„Fehlanzeige. Der, der in die Schlägerei verwickelt war, hieß Kringler, Markus Kringler. War freier Mitarbeiter bei einem Gratisblatt, ist aber dann ausgestiegen und nach Bayern übersiedelt und zwar …"
„Ja, ja, ist schon gut, Kuzmany."

„Wäre es möglich, Herr Inspektor, dass mein lieber Bruder, bevor er sich umgebracht hat, die 10.000 Euro für das Begräbnis bereitgelegt hat?"
„Wieso glauben Sie, dass er sich umgebracht hat?"
„Sie haben es doch selbst gesagt!"
„Ich habe gesagt: wir tappen im Dunkeln. Unfall, Selbstmord, Mord – alles ist möglich."
„Um 10.000 Euro können Sie einen Kaiser beerdigen lassen! Samt Festmahl im Sacher!"
„Na, übertreib nicht, Kuzmany."
„Wissen Sie, Herr Kommissar, mir geht's finanziell nicht wahnsinnig gut. Und wie ich das so sehe, kostet allein die Entrümpelung ein Vermögen. Dann das Begräbnis, das Totenmahl. Ich kann mir das echt nicht leisten. Es ist doch der letzte Liebesdienst, den ich meinem Bruder erweisen muss."
„Was meinst du, Kuzmany?"

Untersteht euch! Ihr seid Beamte, ihr habt einen Eid geschworen! Das sind meine 10.000. Wenn ich bloß wüsste, wo die herkommen? Hast du da droben vergessen auf mich … ich sprenge alle Ketten und sage: nein, nein, nein, nein, nein … alles fällt mir ein. Der ganze Schrott. Aber nicht, wie ich zu den 10.000 Euro gekommen bin. Wahrscheinlich im Casino gewonnen. Ich war noch nie im Casino. Hab ich meine Bank ausgeraubt? Wenn ihr der Qualle das Geld gebt, zeig ich euch an! Jetzt weint sie. Miststück. Du bist schön, wenn du weinst … ist das ein Lied? Von da oben womöglich? Klingt wie eine Trauermelone, Trauermelodie. Der schwarze Anzug hängt im Kasten, ganz hinten, hinter dem beigen. Ich hab nur die zwei. Passt die schwarzgraue Krawatte? Oder lieber die rote, die bringt ein bisschen Leben ins Bild. Okay, die rote. Aber nicht zu fest zuschnüren, wegen dem Genickbruch. Der oberste Hemdknopf muss offen bleiben. Ich habe den obersten Hemdknopf immer offen gelassen, auch unter der Krawatte. Sogar bei den Trauerreden. Schwarzer Anzug, schwarzgraue Krawatte, aber der Hemdknopf war offen.

„Haben Sie seine Handynummer, Frau Klinger?"
„Ich? Nein. Wieso?"
„Wir haben sein Handy nicht gefunden. Und jetzt würden wir gerne die Nummer wählen. Und ziemlich sicher läutet es dann irgendwo in dieser Schutthalde."
„Gut gedacht, Kuzmany! Wer könnte sonst die Handynummer wissen?"
„Mich dürfen Sie nicht fragen, Herr Kommissar. Ich kenne niemanden."
„Schau im Herold nach, Kuzmany, Klinger Martin."
„Aber der Computer ist doch total kaputt!"
„Nimm deinen Laptop!"
„Hab ich nicht mit, Chef."
„Dann frag halt da droben, bei diesem Klimperer!"
„Mach ich."

Schon strapste, stupste, stapfte sie hinauf, öffnete mit einem gezielten Schuss ins Schloss der Mörderwohnung die Tür, schrie: „Hände hoch! Handynummer her!" Aber der Brachialspieler und seine inzwischen wegen falscher Atemtechnik verstummte Singnutte hoben nicht die Hände. Und die Handynummer von „dem da unten", dem Querulanten mit den Schweinsohren, kannten sie auch nicht. Was weiter nicht verwunderlich war, da der Verstorbene, die Bücherleiche, kein Handy besaß, nie eines besessen hatte. Als einziger Mensch auf dem Planeten Erde. An diesem Umstand, könnte man behaupten, behauptet man in den zahllosen Nachrufen, sei ja letztendlich auch seine Künstlerkarriere gescheitert. Einer, der nicht erreichbar ist, kann nichts erreichen. Er kann sich nur, sagte der bittere Gott, Goethe, kommt Goethe von Gott? ... er kann sich nur im Wein ertränken und von den Büchern erschlagen lassen. Also: kein Handy. Lest meine Manuskripte; ich hab einmal darüber geschrieben!

„Der da oben hat auch keine Handynummer gehabt, Chef, aber er hat mich im Herold googeln lassen. Klinger, Martin, Salzburg. Ich probier's."

Im selben Moment läutete in der Bücherleichenwohnung das Telefon. Kommissar Genickbruch warf seine Stirn in Falten, während seine Assistentin Kotzmichan ihren nicht unhübschen Kopf im flachen Gebirge ihrer Schultern zu verbergen suchte. Seine eigene Festnetznummer. Klar. Ätsch!
Führerschein werdet ihr auch keinen finden. Martin Klinger hat nie einen Führerschein besessen. Lest meine Manuskripte und die Berliner Bücher! Kannst du ruhig sagen, Wolf, bei der Abschiedsrede. Kein Handy, kein Führerschein. Macht mir nichts aus. Dazu stehe ich.

„Hat man ein Testament gefunden, Herr Kommissar?"
„Er ist Oberinspektor, Frau Klinger."
„Schon gut, Kuzmany. Nein. Das heißt, vielleicht findet die Spurensicherung noch eines, die haben etliche Dokumente mitgenommen."
„Wissen Sie, wir haben vor zwei Wochen zum letzten Mal telefoniert, der Martin und ich. Da hat er gesagt, er würde mich so gerne bald wieder sehen. Ich hab mich ja um ihn gekümmert, seit unser Vater tot ist. Außer mir hat er niemanden gehabt. Alle gestorben oder … was weiß ich. Eine Familie bleibt eine Familie, egal, wie weit entfernt man von einander lebt."
„Also, Salzburg – Linz, das ist ja nicht grad die Welt, Frau Klinger!"
„Natürlich nicht, Herr Kommissar. Aber er, der Martin, war halt ein … wie soll man sagen … ziemlich introvertierter Mensch. Da kommt man selbst als Schwester schwer ran. Ich hab mein Bestes gegeben, glauben Sie mir!"

Halt dein verdammtes Maul, Veronika Klinger! Oder ich piss

dich an! Piss ihr ins Gesicht, vielleicht mag sie das? Ich piss dir ins Gesicht. Warum soll sie das mögen?

„Verzeihung?"

Wolf, Wolf! Endlich! Klär bitte alles auf, sag, was zu sagen ist, hol mich aus dieser Hölle raus. Da braut sich ein Weltuntergang zusammen! Piss dieser Halbäffin ins Gesicht, vielleicht mag sie das. Wieso soll sie das mögen? Wo kommen die Pissgeschichten her? Ich hab nicht einmal das Wort verwendet, nie, nie. Lest meine Brüche, Bücher. Bücher, wollte ich sagen. Lest, da steht alles drin. Alles steht da drin, ich bin ein offenes Buch, aber ihr werdet nichts übers Pissen finden. Piss oder piss nicht, Wolf, aber schaff sie mir vom Leib. Sagt man: Leib? Leibspeise? Leibscheiße? Die Leibspeise Christi, kommt das irgendwo vor? Sag der Welt, Wolf, dass Frau Veronika Klinger nicht befugt ist, Märchen über mich zu erzählen, nicht befugt ist, Lügen zu verbreiten. Lügen, Lügen! Lügengeschichten! Sag das, Wolf, altes Haus! Schön, dass du doch gekommen bist. Ich schau nicht anders aus als sonst, oder? Hab ich die Augen offen oder in der Hosentasche? Hab ich wirklich einen Bademantel an, sieht man meinen Schwanz? Egal. Pass auf, wegen der Abschiedsfeier wollte ich Folgendes sagen …

„Sie sind?"
„Königshofer. Wolf."
„Oberinspektor Bauer."
„Ah, dann haben wir miteinander telefoniert."
„Kuzmany, meine Assistentin."
„Veronika Klinger."

„Klinger? Sind Sie …“

„Ich bin die Schwester. Seine Lieblingsschwester.“

„Komisch. Er hat mir ganz verschwiegen, dass er eine Schwester hat. So eine hübsche noch dazu.“

„Danke für das Kompliment!“

„Sie ist seine Halbschwester, Herr Königshofer.“

„Ich bin ganz beeindruckt.“

„Erzählen Sie über Ihren Freund …“

„Er war ein guter Bekannter, Herr Oberinspektor, also eine Art Kaffeehausbekanntschaft. Wie man sich halt so trifft und dann und wann miteinander plaudert. Über Gott und die Welt. Und über die Kunst. Ich bin Maler. Übernächste Woche hab ich eine Vernissage in Ried. Ich hab ihn gemocht, sicher. Aber gekannt hab ich ihn nicht wirklich.“

„Wir stellen jetzt ein paar Fragen, Herr Königshofer, und Sie sagen uns alles, was Sie wissen, okay?“

Und schon nahmen Oberinspektor Bauer und seine Assistentin Kuzmany diesen Königshofer Wolf gehörig in die Mangel. Stichwort: 10.000 Euro! Stichwort: Schlüssel im Eisfach! Da begann der Verhörte plötzlich höllisch zu lachen. Warum lachst du, Wolf? Hast du mir die 10.000 ins Kuvert gesteckt? Warum? Dafür, dass ich nichts ausgeplaudert habe? Verrätst du denen das Schlüssel-Geheimnis? Bitte nicht, die kriegen das in die falsche Kehle, beschissen, beschadet … bescheuert wie die sind!

„Das mit dem Schlüssel ist wirklich kurios! Er hat es mir einmal erzählt. Sie werden sich tot lachen, Herr Oberinspektor! Typisch Martin Klinger. Das war in Berlin, glaube ich. Oder in Frankfurt? Nein, Berlin. Jedenfalls bei irgendeinem großen Literaturfest. Warum er eingeladen war, weiß ich nicht. Ist auch egal. Er wohnte jedenfalls, hat er gesagt, in einem noblen Hotel, so mit Swimmingpool im Keller."

Hör auf, Wolf. Erzähl nicht weiter! Oder sag wenigstens, dass ich in „Ein Büchernarr" diese Geschichte geschrieben habe. Sucht das Buch, verdammte Idioten! Sucht endlich meine Bücher und hört auf, Geschichten zu erfinden!

„Naja, große Party bis zum Morgengrauen. Und am Schluss landen alle im Swimmingpool. Nackt. Er, der Martin, unser lieber … ich bin wirklich traurig, dass er so plötzlich … der Martin Klinger jedenfalls, schon ziemlich betrunken, fährt mit dem Hotellift zu seinem Zimmer im siebten oder achten Stock hoch, will sich, typisch Martin, seine für alle Fälle mitgebrachte Badehose aus dem Koffer holen."

Bitte, bitte hör auf. Hört einfach weg. Das ist der Münchhausen von Salzburg. Der Mönchhausen. Der Mönchsberghausen. Der Nonnberg-und-Mönchsberghausen. Der Nonnberg-und-Mönchsberg-und-Kapuzinerberghausen. Der Kapuzineraffe! Der lügt und beißt und pisst euch an!!!

„Er nimmt, schüchtern wie er ist … war … einen Schluck aus der Gin-Flasche, er hat ja ganz schön gesoffen, holt sich Eiswürfel aus dem Kühlschrank, legt irrtümlich den Zimmerschlüssel ins Fach, vergisst das natürlich im gleichen Augenblick. Und kommt nicht mehr raus, nicht mehr runter in den Keller. Hat sich selbst ausgesperrt, der Knallkopf, von innen, während die anderen Literatinnen, Lektorinnen, Verlegerinnen,

Journalistinnen nackt im Pool herumschwimmen. Und dann, naja, den Rest können Sie sich denken. Seit damals, glaube ich, versteckt er immer einen Schlüssel im Eisfach. Aus sentimentalen Gründen. Was weiß ich. Komisch, oder? Aber typisch Martin Klinger."

„Hast du mitgeschrieben, Kuzmany?"

„... komisch, oder? Aber typisch Martin Klinger."

„Also, wenn ich eine Trauerrede halten müsste, Herr Oberinspektor, Gott sei Dank muss ich keine halten, würde ich sagen: weltfremd, manchmal ein bisschen peinlich. Aber, im Großen und Ganzen, nicht unsympathisch. Kein großer Literat, das sicher nicht."

„Sie haben vollkommen recht, Herr Wolf. Besser könnte man meinen Bruder nicht beschreiben: weltfremd, manchmal peinlich. Aber nicht unsympathisch."

„Übrigens, Beileid, Frau Veronika. Wollen wir was trinken gehen? Auf unseren Martin?"

„Warum eigentlich nicht? Brauchen Sie uns noch, Herr Kommissar?"

Oh Gott! Schrott! Kompott! Komplott!!! Wer hat euch das erlaubt? Welcher Teufel hat das Kommando übernommen? Wenn das das Ende ist oder der Anfang nach dem Ende, dass einem rechtschaffenen Menschen das Leben umgedichtet wird, dann scheiß ich auf den Tod. Dann werde ich sofort wieder lebendig. Reanimation, bitte! Eins, zwei, drei, eins, zwei drei. Wieso im Walzertakt. Blas mir Luft in die Kehle, Kuzmany. Steck die 10.000 ein und hol mich zurück! Ich möchte die zwei Gangster grillen, killen, den Wolf und die Veronika! Und dann, in einem Aufwaschen, den Mörderpianisten und seine Kehlkopfdingsbums, ich mach sie um einen Kehlkopf kürzer. Hol mich raus. Herrgott, der du bist unter den Weibern, der du Pontiac pilotierst ... hast du einen Pontiac gefahren, ohne Führerschein, Gott, ach Gott, was wollte ich sagen? Amen? No! Ich will leben! Um der Gerechtigkeit willen! Gerechtigkeit, verstehst du? Gerechtigkeit!!!

„Einen Augenblick noch, Herrschaften!"
„Natürlich, Herr Kommissar."
„Der Buchstabe K. Fällt Ihnen dazu was ein?"
„K? Klinger. Warum?
„Da gibt es ein Kuvert. Und auf dem Kuvert steht der Buchstabe K."
„Wahrscheinlich Klinger, Herr Kommissar. Waren da meine 10.000 Euro drin?"
„Bedaure, Frau Klinger. Und Sie, Herr ..."
„Königshofer. Vielleicht wollte er mir ..."
„Wir haben Rauschgift in diesem Kuvert gefunden. Kokain höchstwahrscheinlich."
„Oh! Dann heißt das nicht Königshofer."
„Und Klinger, jedenfalls Veronika Klinger auch nicht, mit Drogen hab ich weiß Gott nichts am Hut!"
„Der Martin, Rauschgift, Herr Oberinspektor? Das ist ja ein Ding! Wie gesagt, so wirklich gekannt hab ich ihn nicht. Wer kennt schon einen Menschen?"

Aber der Bauer und seine Assistenzbäurin von der Soko Gesichtsverlust, Geschichtenverdrehung ließen nicht locker. Sie stopften ihr und ihm Wattestäbchen ins Maul, dass sie fast daran erstickt wären. Ab ins Labyrinth! Wenn wir euch

Kokoskuppelspuren im Blut nachweisen, seid ihr dran! Dann müsst ihr beim nächsten Kinderfest … nehmen wir euch fest? Blackout. Das letzte Lied. Roy Black. Mein Gott, das wäre auch eine Option. Roy Black, der mit bürgerlichem Namen Gerhard Höllerich hieß, singt „Das letzte Lied". Ich hab einmal eine Trauerrede gehalten, war das ein Drogensüchtiger, ein Drogist, bleib ruhig, Herz, es ist so wurscht wie die Gebote Gottliebs. Roy Black. Wie meine linke Zehe heißt, hab ich verschwitzt, für welches Buch ich einen Förderungspreis bekommen hab – „Socke"! War das der Titel? „Das letzte Lied". Roy Black hab ich im gebrochenen Genick. Und Draffi Deutscher. Frag mich, frag mich, lieber Gott, und ich sing dir die Hitparade von 65 vor, fehlerfrei!
Und dann möchte ich den Führerschein machen. Man wird so gemütlich, wenn man tot ist. Er ist wieder da, wieder hier … da dumm, da dumm … doch er läutet nicht an meiner Tür … da, dumm, da dumm … Marion Merz! Das weiß nicht einmal der Erzengel Gablerbräu, Stieglbräu, wetten? Aber ich! Ich weiß das alles. Auf den heiligen Martin bin ich gespannt. Der soll mir endlich die Geschichte vom Bettler und vom Mantel und vom Schwert erklären. Ich hab da ja so meine eigene Thermoskanne. Die ist aber nicht sehr katholisch! Ich bin nach dir benannt – Martin. Bormann? Mein Schwert muss erst geschliffen werden, Frau Obduktionsleiterin, wie beim Friseur, händisch, eins, zwei, eins, zwei … Und dann ran an die Pulsadern. Ach, Fabian, Fabian!
Aber im Moment geht es um einen würdevollen Abgang. Ohne Brimborium, ohne Priester. Ins Muttergrab. Wolfsgeheul. Der verdammte Freund zieht sich am eigenen Kragen und am Busenhalter meiner Scheinschwester aus der Verpflichtung.

Und sie gehen einen saufen! Pfui Teufel! Kein Aas sucht in Berlin nach meinem Vermächtnis!

„Was stinkt da so, Kuzmany?"
„Vielleicht ist das schon der Leichengeruch, Chef? Wo bleibt die verdammte Bestattung!"
„Leichen riechen anders."

Wow. Danke! Ergebensten Dank. Wenn das kein Bestseller wird! „Leichen riechen anders." Das klau ich jetzt, das stibitz ich der Kitzmany aus dem Affenmaul. Ich rieche nichts, absolut nichts. Aber: Leichen riechen anders! Das heißt also: Leichen *riechen* anders. Beziehungsweise: Leichen riechen *anders*. Auf diesen Satz hab ich mein Leben lang gewartet.

„Oh Gott! In der Küche brennt's!"
„Scheiße, die Kaffeemaschine, Chef. Das Glas klebt auf der Heizplatte. Oh Mann!"
„Fenster auf!"
„Der Vorhang hat Feuer gefangen!"
„Einen Feuerlöscher! Schnell!"
„Wo ist einer, Herr Oberinspektor?"
„Draußen im Treppenhaus!"

Aber draußen im Treppenhaus, daußen im Teppenhaus, im Bescheuertenhaus Nr. 14 befand sich kein Feuerlöscher. Den hatte Kuno, der Kuttenbrunzer, das hauseigene Buß- und Betschwammerl, nun also doch sittenwidrig abmontiert und stattdessen, hol ihn die Pest, ein Weihwasserkesselchen angebracht. Ich habe euch gewarnt. Ich habe gesagt: Achtung, die Kaffee-

maschine läuft noch, ich bin nicht mehr dazugekommen… aber einem Toten glaubt man ja nicht. Jetzt habt ihr die Glasschmelze, viel Glück!
Und schon brannte die Bude lichterloh, brannten tausend Bücher wie bei der Bücherverbrennung anno 38 in Schmelzburg, Schmutzburg. Bloß war diesmal nicht Herr A-Loch Hitler der Brandbeschleuniger, sondern die Filterkaffeemaschine Marke Weißderteufel (ein Tombola-Gewinn!), die der Tote versäumt hatte rechtzeitig auszuschalten. Oh weh, oh mir! Das Feuer fraß die gesamte Literatur, auch seine eigene. Der Brand breitete sich aus auf das Andräviertel, Schallmoos, Gnigl nebst Itzling und Morzg, sprang munter über die Mauern bis nach Sizilien. Und ungeniert weiter in den Himmel.

„So, das war's. Nichts passiert. Der Rauch wird gleich weg sein. Ein Vorhang ist angesengt. Schwein gehabt, Leute."
„Die Vorhänge hätte ich ohnehin entsorgt, Herr Kommissar. Auch ohne dieses Brändchen."
„Er hatte keinen Geschmack, der gute alte Martin."
„Finde ich auch, Herr Wolf. Allein die Bilder an den Wänden. Die sagen mir gar nichts. Da werde ich depressiv beim Hinschauen!"
„Das eine, da links über dem Kästchen … was sagen Sie zu dem, Frau Veronika?"
„Das eine … ja, ja …"
„Das hab ich ihm geschenkt. Eine Petitesse, eine Fingerübung von mir. Er hat mir ein paar Sätze für meinen Katalog geschrieben. Und ich …"
„Das ist mir gleich aufgefallen. Das sticht so richtig heraus. Kompliment!"

Deine Petitesse, lieber Wolf, kannst du dir in den Arsch stecken. Das sticht dann so richtig hinein. Es ist das saumäßigste Bild an meinen Wänden. Ich hab es aufgehängt aus purer Freundschaft. Fall herunter, Bild, zerscherbe in ein paar hundert Schneeflocken. Aber das Bild zerscherbt nicht. Ich rieche nichts, nicht einmal meinen eigenen Zimmerbrand. Ich kann keine Bilder von den Wänden schubsen. Wahrscheinlich bleibt nicht einmal eine Wanduhr stehen in Trippstrill, wo meine Vorfahren Rast gemacht haben, auf der Fahrt in den Krieg. Krieg? Kirtag?

„Was war in dem Kübel, Kuzmany?"
„Wasser, ziemlich vergammelt, Chef."
„Wasser im Kübel verhindert manch Übel!"

Nein, bitte nicht. Herr Oberinspektor Bauer. Wenn Sie jetzt zum Reimen anfangen, ruf ich die Polizei!

„Regenwasser. Für die Balkonblumen, Herr Kommissar. Mein Bruder hat seine Blumen sehr geliebt."
„Hier gibt's keinen Balkon."
„Komisch. Ist schon wieder umgebaut worden?"
„Egal, Hauptsache, das Feuerchen ist gelöscht."
„Weihwasser im Treppenhaus. Statt eines Feuerlöschers. Ich wundere mich. Aber eigentlich geht es mich nichts an."
„Recht haben Sie, Herr Wolf."
„Können wir jetzt gehen?"
„Haben wir die Adressen, Kuzmany?"
„Haben wir."
„Also dann. Wir melden uns wieder."

„Wenn's sein muss, Herr Oberinspektor."
„Wann wird er … also, mein Bruder …"
„Ruf bei der Bestattung an, Kuzmany. Sag ihnen, wir haben unsere Zeit auch nicht gestohlen. Wollen Sie warten, Frau Klinger?"
„Nein, nein. Ich komme morgen. Welche Bestattung?"
„Die ‚Städtische', Veronika. Ich bring Sie hin."
„Ist aber sehr aufmerksam. Danke."
„Bin ich ihm schuldig, meinem Freund Martin."
„Ach ja, Herr Kommissar – wann kann ich die Sachen meines Bruders entrümpeln?"
„Heute jedenfalls nicht mehr."
„Und das Geld?"
„Nehmen wir mit. Bis auf weiteres."
„Okay. Tschüss."

Da war Pisse drin. Ich gieße meine Wohnungsbrände immer mit Pisse! Mitten ins Gesicht. Das gefällt ihnen. Das gefällt ihnen! Wem? Den Weibern. Aha. Diese Wut! Ich rieche nichts, ich sehe mit geschlossenen Augen, ich komme von hier nach da ohne Busfahrschein. Alles nicht unkomfortabel. Wenn nicht diese Wut wäre!!! Der Maler Wolf färbt mir mein Leben um. Die Qualle Veronika, who the fuck is Veronika, dreht mir das Wort im Genickbruch um. Oh Wut!!! Du hast mich kein einziges Mal angeschaut, Wolf! Du hast mir nicht ins gebrochene Auge geblickt! Du hast mir nicht die Stirn geküsst. Du, Freund du. Zu dir komm ich auch nicht, wenn's dir dreckig geht. Fahr nach Ried, häng deine Bilder auf und dich daneben. Dann hast du endlich eine Schlagzeile. Sag was Liebes über mich, bitte. Meinetwegen die Geschichte mit dem Swimmingpool. Dass sie herzhaft lachen können. Das Buch heißt „Ein Büchernarr". Da steht vieles über mich drin. Ich glaube, es liegt unter meinem linken Schulterblatt. Oh Herr, gib mir die Kraft, diesem Freund die Eier zu zerquetschen! In Ewigkeit, Amen. Aus.

„Stimmt das, Wolf? Dass sich der Klinger umgebracht hat? Die Frau Annemarie hat das erzählt."
„Stimmt, Professore. Ich komme grad aus seiner Bude. Ja, die Verzweiflung, wenn nichts mehr läuft. Übrigens – das ist Veronika Klinger, seine Schwester. Das ist der Professore. Er schreibt auch. Krimis. Und spielt prima Saxophon!"
„Freut mich, Herr Professore."
„Professore genügt. Wie war er denn als Kind, der Martin?"
„Wie halt Brüder so sind. Ziemlich laut."
„Komisch, ich kenne ihn nur still. Fast autistisch still. Stimmt's, Annemarie?"
„Stimmt, Herr Wolf. Was darf ich bringen?"

Die Frau Annemarie, Martin Klingers Kellnerin seit ewigen fünf Jahren, brachte, was man in so einem Fall bringen muss: Strychnin, fein aufgelöst in Prosecco. Nach dem ersten Schluck verfärbte sich für den Professore und den Wolf die Welt. Bei der selbsternannten Lieblingsschwester V. half erst das zweite Glas. Wir rufen gemeinsam die Polizei, die gnädige Frau Annemarie, auch so ein Judas, und ich, der Tote aus der Neustadt. Bis dahin Ruhe bewahren.
„Gehst du zur Beerdigung, Wolf?"

„Kommt drauf an. Wir haben ja noch keinen Termin."
„Wissen Sie, mein Bruder wird obduziert. Verstehe ich zwar nicht, aber es ist so."
„Er hat sich erhängt?"
„Im Gegenteil. Er hat sich erschlagen."
„Das musst du mir genauer erzählen, Wolf."
„Oh, mein Handy! Pardon. Veronika Klinger? Ach, Herr Kommissar, was gibt's? Wie bitte? Die Spurensicherung. Ja, ich komme so bald ich kann. Ist er ... mein Bruder ... aha, er ist noch da. Ja bis gleich."
„Was ist passiert, Veronika?"
„Der Kommissar. Dass ein Testament aufgetaucht ist."
„Was steht drin?"
„Hat er nicht gesagt. Ich muss zurück."
„Zuerst noch ein Glas Prosecco. Drei mal wie gehabt. Und einen für Sie, Annemarie!"

Ja, das Testament, ja das Testament, das liegt mir so im Blut. Jetzt schaut ihr blöd. Welches Testament? Tragen Sie meinetwegen schwarze Unterwäsche, Fräulein?

„Tamara, du kriegst alles. Alles! Vielleicht war es Scheiße, was wir gemacht haben. Wahrscheinlich versteht mich keiner. Aber das ist egal. Du hast mir das Leben gerettet. Du warst der einzige Mensch an meiner Seite. Gegen Bezahlung, aber trotzdem. Es war keine Liebe, wir beide wissen das. Es war, wie es war. Danke!"
„Was heißt das, Wolf?"
„Keine Ahnung. Das Testament. Tamara kenne ich keine. Kennt sonst wer eine Tamara?"

„Die Spurensicherung hat uns das Schreiben geliefert. Lesen Sie weiter, Chef!"
„Okay, also weiter: … es war, wie es war. Du hast mir geholfen, den ganzen Mist meines Lebens zu ertragen. Du hast mir viel gegeben, Tamara, Herrin, du kriegst alles! Bitte sorge für eine standesgemäße Entsorgung, du weißt, wie ich das meine. Und am Schluss sollen sie spielen: ‚Ja, Freunde, ja, ich liebe diese Hure!' Auch wenn die ganze Stadt errötet vor lauter Scham. Das ist mein letzter Wille."

Bitte, bitte, bitte. Leben heißt: Geschichten erfinden. Tot sein, heißt: Hört endlich auf Geschichten zu erfinden! Es stimmt nichts. Nichts! Der einzige Satz, der stimmt: … ist tot. Aus, Amen! Alles andere ist erstunken und erlogen!

„Von einer Tamara hat er nie erzählt. Hure? Naja, alles möglich. Mit Frauen war er selten zusammen. Irgendeine Jugendliebe. Und dann was in Berlin. Aber sonst. Vielleicht ist er ins Puff gegangen."
„Die Piss-Videos, Chef, das passt doch!"
„Da kannst du recht haben, Kuzmany. Rotlichtmilieu, Koks. Das sind deutliche Spuren. Unauffällige Menschen neigen zu solchen auffälligen Geschichten. Jetzt müssen wir nur diese Tamara finden!"
„Steht ein Nachname im Testament, Herr Kommissar, und eine Adresse?"
„Nicht einmal eine Unterschrift, leider."
„Dann gilt das sowieso nicht, dieses so genannte Testament. Ein Muster ohne Wert, Herr Oberinspektor, oder?"
„Ist das überhaupt seine Handschrift?"

„Es ist gar keine Handschrift. Schreibmaschine, älteres Modell. Tippe auf Olivetti aus den siebziger Jahren."
„Okay, dann können wir das ja vergessen."
„Wie auch immer. Diese Tamara müssen wir finden. Vielleicht ist sie der Schlüssel zu allem!"

Ja, ja, die Tamara! Hab ich auch nie gekannt. Oder? Lest in meinen Büchern nach, um Jesu Christi willen. Wenn ihr eine Tamara findet, dann zahle ich euch zwei Biere. Ich möchte jetzt langsam alles hinter mich bringen. Frau Dr. Taschner, vergessen Sie die Mumie. Hier kommt ein Mensch, der will zu dir, du hast ein Haus, öffne die Tür, hier kommt ein Mensch ... Peter Alexander, keine Diskussion. Einmal, bei einer Trauerfeier, war das in Berlin?, hat die Familie als Schlusslied „Wenn erst der Abend kommt" von Peter Alexander bestellt. Traurig, tief melancholisch, so richtig was zum zärtlichen Geweine.
Hab ich das schon erzählt? Wenn ja, werft mir einfach ein paar Bücher ins Genick! Steht die Geschichte in „Ein Büchernarr" oder in „Unter Strom"? Jedenfalls drückt der Bestattungsbeamte auf den CD-Player-Knopf. Und statt „Wenn erst der Abend kommt" ertönt über alle Lautsprecher in der Trauerhalle – nein, das hab ich schon erzählt. Erzähle ich nie mehr wieder. Der Pfau prustet sich nur einmal! Naturgesetz. Der muss das nicht. Ich muss das auch nicht. Ich muss gar nichts. Wenn Sie mich aufsägen, später dann, Frau Doktor, muss ich dabei sein? Sicher nicht. Ich fahre inzwischen ans Grab und dann ins Café. Oder umgekehrt. Aber nicht mein Wille geschehe, sondern das übliche.

„Bitte, hab ich vergessen Hausschlapfen!"

„Ah, die Frau Putzfrau!"
„Eberherr Jovanka. Ist nix schwer, der Name, Herr Inspektor. War schon daheim bei mir. Schon gekocht, Gulasch mit Knödel. Und Gurkingersalat. Sehr gut. Auf einmal – jössusna, die Hausschlapfen! Vergessen bei Herrn Klinger seligerweise. Sind nicht teuer oder so, nein. Aber Schuh ist Schuh. Und werde ich immer denken an Herrn Klinger, wann ich schlupf in Patschen."
„Trifft sich gut, dass Sie noch einmal gekommen sind!"
„Liegt ja immer noch herum wie Stieglitz, gefallen aus warmes Nestl. Armer toter Herr. Nimmt das gar kein Ende, christliches?"
„Frau Jovanka, sagt Ihnen der Name Tamara etwas?"
„Tamara? Aber ja, bitte, natürlich. Tamara. Kenn ich. War so ein Engel, Gott, ein Engel."
„Ein Engel?!"
„Na bitte, Frau Kommissar, hat mich an Busen gedrückt, da bin ich noch Putzl in Skopje gewesen, wo Erdbeben war."
„Der Herr Klinger, für den Sie geputzt haben, hat der eine Tamara gekannt? Hat er von einer Tamara erzählt?"
„Weiß ich nix. Möglich. Möglich nicht."
„Diese Tamara war eine Prostituierte!"
„Pfui, Frau Kommissar, pfui tausendmal. Damit haben wir nix zu tun. Das ist eine Gemeinheit! Herr Klinger war kein so einer. Das war ein feiner Herr!"
„Schon gut, war nur eine Frage."
„Blöde Frage, ganz blöde Frage, Frau Kommissar!"
„Die Kuzmany hat's nicht bös gemeint, Frau Jovanka."
„Prostituierte! Herr Klinger! Jössusmaria!"
„In Ewigkeit, Amen. Nehmen Sie Ihre Hausschlapfen und fahren Sie heim. Bevor Ihr Gulasch anbrennt."

„Bei mir brennt nix an, Herrschaften. Ich bin gute Köchin. Aber da stinkt's wie nach Zimmerbrand. Rauchen Herr Inspektor Virginia? Wie mein Mann seligerweise?"
„Nein, nein. War bloß ein kleiner Zwischenfall. Hat nichts mit der Tat zu tun."
„Allerletztes Adieu, lieber Herr Klinger. Sehen wir uns bei Begräbnis. Sie sagen mir Termin, die Herren und Damen?"
„Natürlich, Frau Jovanka."
„Dann tschüss."
„Tschüss!"

Jovanka. So was Liebes wie dich gibt es ja gar nicht in dieser Welt. Bist du eine Außerirdische? Kannst du mich wiederbeleben, bis das Ärgste vorbei ist, dass das Ärgste nicht eintritt!? Dass die mich nicht, das ist das wahrlich Erschütternde, in einen anderen verwandeln. In ein Scheusal, ein debiles Monster, eine Randnotiz. Ein Nachthupferl!!!
Ein Busserl, gnädige Frau Jovanka Eberherr. Ein Busserl, mazedonisches, oder eine Tracht Prügel. Irgendwas. Oder nichts. Lass das Gulasch nicht anbrunzeln. Verpiss dich. Verpiss mich nicht. Ein Satz noch: Weißt du, Jovanka, wie mein linker Fuß heißt? Heißt der: Bürgermeister? Und der andere: Polizeipräsident? Oder war das umgekehrt? Haben wir das als Kinder gespielt? Achtung, gleich kommt mein linker Fuß. Und dann haben wir uns in die Eier getreten. Oder war das ganz was Liebes, Zärtliches. So am Sonntag-morgen unter der Bettdecke der Mutter. Guten Morgen, linker Fuß … Ich hab einmal einen Mann verabschiedet, in Berlin, Fabian, du warst das nicht. Der hatte auf seinem linken Fußrist eintätowiert: „Ich bin müde!" und auf dem rechten Fußrist: „Ich auch!"

Ach, Goodbye, Jovanka. Ich bin ein bisschen müde. Letzter Gruß von meinem linken Fuß an deinen rechten Fuß, unbekannterweise.

„Kuzmany, ich bin dann mal dahin. Wir haben heute Tangokurs, meine Frau und ich. Du wartest, bis die Bestattung kommt und ihn abholt. Dann versiegelst du die Türe. Okay?“
„Passt schon, Chef.“
„Also bitte die Herrschaften. Herr Königshofer, Frau Klinger, wir verständigen Sie, wenn die Leiche freigegeben wird. Und halten Sie sich zu unserer Verfügung!“
„Heißt das, ich muss in Salzburg bleiben, Herr Kommissar?“
„So dringend ist die Geschichte auch wieder nicht. Setzen Sie sich mit der Bestattung in Verbindung. Und dann fahren Sie ruhig heim nach Wien.“
„Linz, Herr Kommissar.“
„Oder Linz.“
„Sie könnten auch hier bleiben, Veronika. Ich habe ein hübsches Gästezimmer in meinem Atelier.“

Daramdamdammmmm. Und schon wölben sich die Eierstöcke! Was seid ihr für ein Gesindel! Ich liege in meinem Leichenschweiß und ihr macht ein Date aus für die Nacht. Streut euch Asche aufs Haupt. Asche! Verarschen kann ich mich, kann ich mich nicht mehr … färbt euch die Fingernägel totenschwarz. Ein Mensch hat diesen Planeten verlassen. Ein Mensch! Schert euch zum Teufel, ihr Unmenschen. Du auch, Kuzmany. Ich brauch dich nicht. Mit den Leichenabholern werd ich alleine fertig. Wir sind ja schon per du, der Herr Tod und ich. Da gibt es keine Sentimentalitäten. Reine Geschäftsabwicklung. Rein in die Kiste, und tschüss. Nächste Szene: Prosektur. So einfach ist das Leben. Das, wenn man vorher gewusst hätte! Gehen wir einen zwitschern, Kuzmany. Hol den Weißwein aus dem Tabernakel. Solange wir unter uns sind.

„Kuzmany! … Hallo Schatz … wird noch dauern, leider. Ich warte auf die Bestattung … ja ein Selbstmord wahrscheinlich oder ein Unfall mit Sexualhintergrund … Klinger, Martin … du, der ist von seinen Büchern erschlagen worden … nein, der Chef ist schon weg … na ja, so zwei Stunden … ich muss ja auch ins Büro. Ja … ich dich auch. Kuss … he, Melissa, mach inzwischen den Wein auf. Ich bring auch was Schönes mit … nein, keine Rosen. Ein Buch. Lass dich überraschen! Also bis dann."

Ich will nichts damit zu tun haben. Ich warte auf die Abholer. I'm waiting for the undertaker, verfluchtes Gesindel! Da pfeif ich auf jede lesbische Kurzgeschichte, so en passant, Kuzmany, verstehst du? Vorgestern, ja vielleicht. Oder im Jahre Schnee. Oder Berlin, New York, Rimini. Wurscht. Aber jetzt? Es muss doch Ruhe einkehren, kruzifix noch einmal! Ist in den ewigen Frieden eingegangen ... ja, Schnecken! Geschichten, über den Rand der Verderbnis hinaus. Leichenflecken, aber Geschichten. Herzstillstand, aber Geschichten. Und so weiter und so weiter. Wir sind ja nicht im Nachtkino und nicht in einem dieser scheiß Kriminalromane vom Professore! Banalitäten! Der schreibt

sowas, bei dem muss der Kommissar in den Tangokurs gehen und die Assistentin eine Frau lieben. Das kommt an, das liebt die Meute! Banalitäter, Attentäter, Aschenbecher. Da könnt ihr mir gleich meine Krümel in den Aschenbecher streuen, wenn es in dieser Tour weitergeht! Ich möchte …
wie war das? … die „Unbefleckte Empfängnis" zum Tee empfangen, auf einen Plausch unter Freunden … und was passiert? Mir säuselt ein Traramädel in scheußlicher Polizistenuniform die Ohren voll. Ist das eine Polizistenuniform, oder ist das dein Hochzeitskleid, Kuzmany? Und quatsch nicht herum, als wär ich nicht da! Das gebietet der Handstand. Vielleicht bin ich gar nicht mehr da. Nur meine Hand. Ist das die Bürgermeisterhand? Und die andere die … wie war das? Wer spielt mit mir? Das sind die Fragen von Bedeutung! Ich setze mein Leben ein. Was suchst du, Kuzmany? Ein Mitbringsel für deine Liebste? „Unter Strom" wird ihr gefallen. Oder „Ein Büchernarr". Ach was, schenk ihr Rosen, die verwelken schneller als Bücher. „Bed of Roses". Bon Jovi. Weiß ich alles. „I wanna lay you down in a bed of roses … for tonight I'll sleep on a bed of nails."
Nein! „Heile, heile, Gänsje!" Endgültig. Vier mal!

„Hallo, Schatz, gibt's noch was? Nein … müssen jeden Augenblick kommen. Wer da singt? Keine Ahnung, das kommt aus der Wohnung oben … was heißt das: du glaubst das nicht?! Ist aber so … da oben wohnt nämlich … ach, Melissa. Nein, sicher nicht! Ich schwöre bei allem, was mir heilig ist! Ehrenwort, ich bin nicht bei der Dagmar. Außerdem singt die Dagmar gar nicht klassisch, die singt Chansons. Ja … das kommt von oben. Ich weiß, dass es so klingt, als würde neben mir jemand singen, aber es kommt von … ich bin völlig allein, mit einer Leiche. Leichen singen nicht! Melissa, hör zu … du bringst mich noch um mit deiner Eifersucht! … nein, oben! Im oberen Stockwerk ... okay, wie du willst. Das war's dann, oder? … Wenn du meinst."

Grußlos geht die Welt in Fransen. Eine Tragödie, und ich bin der, der alles aufklären könnte. Aber Leichen singen nicht. Ich könnte aufrichtig erzählen, dass mich der Klaviermörder schon einmal vom Eiffelturm gestoßen hat. Fuck you, asshole. Melissa, glaub deiner Kuzmany. Die ist viel zu blöd, um Geschichten zu erfinden. Die sagt die Wahrheit aus purer Infantilität!

Das ist subversiv: warum belästigt mich mein Hirn mit so etwas? Sie wixen mir lauter Gemeinheiten in den Lebenslauf, sie verbreiten nur mehr Lügengeschichten. Und ich kann mich nicht wehren. Nicht einmal durch Gedankenattentate. Der Geist brennt vor Wut, aber das Fleisch modert. Statt dass einen die Fliegen liebkosen, in aller gebotenen, surrend-süßen Stille, wird man mit Furzgeschichten zugemüllt.

Definitiv: tot sein hab ich mir ernsthafter vorgestellt. Nicht: große Oper als Nachspiel! Den Bestattern werde ich was erzählen, meine Herren!!! Ich war einmal bei einer Bestattermesse, aus reiner Neugier. Das stimmt doch? Wahrscheinlich hat die Melissa recht: die Kuzmany hat was mit der Dagmar. Rekapituliere: der linke Fuß heißt Dagmar, der rechte Tamara. Tamara? Die vom Testament? Keine Ahnung. Vergiss es. Vergess ich. Wie soll man jemanden vergessen, den man wahrscheinlich nicht gekannt hat. Die geht dich nichts an! Die geht mich nichts an! Und der dritte Fuß heißt Betty … deine dich liebende Betty. Die Widmung in den „Liebesgedichten". Geht dich auch nichts an. Geht mich auch nichts an. Frau Dr. Taschner, säbeln Sie mir endlich mit der Nagelfeile die Nervenstränge durch. Bitte vielmals! Und dann nähen Sie mir die Kabel nach Lust und Laune neu zusammen. Aber dalli!

„Na endlich!"
„Wir sind für die Unendlichkeit zuständig, Gnädigste!"
„Sehr witzig. Er liegt da drüben. Unter den Büchern."
„Wahnsinn, so viele Bücher! Ob er die alle gelesen hat? Was meint du, Gerd?"
„Um das Geld hätte er jeden Sommer drei Wochen nach Umag fahren können, Camping de luxe!"
„Frau Chefin, können wir?"
„Ich heiße Kuzmany, Inspektor Kuzmany. Wir können."
„Die Bücher? Ich meine, sollen wir die irgendwo aufstapeln oder können wir sie einfach in die Ecke werfen. Wir müssen ihn ja erst freischaufeln, den … wie hieß er?"

Ich heiße Klinger. Martin Klinger. Immer noch. Auch Leichen tragen Namen. Meistens. Manche heißen auch Anonymus, aber das sind die, die nach Jahren ans Flussufer geschwemmt werden. Anonymus. Oder „Unbek. männl. Leiche". So einer bin ich nicht. Ich habe ein Namensschild an der Tür. Oder? Ihr habt wenigstens eine Krawatte umgebunden. Das ist schon viel in dieser rohen Welt, Burschen. Stapelt die Bücher nach dem Autoren-Alphabet. Also von Artaud bis Zweig … oder nach Fachgebieten: Belletristik, Salisburgensien, Musik, Kunst, die Bücher über das Sterben und den Tod. Die Bücher von meinem Vorgänger auf einen anderen Stapel. Meine eigenen Bücher legt ihr mir auf die Brust. Martin Klinger, „Unter Strom“ und „Der Büchernarr“. Das dritte fällt mir nicht ein. Danke, Männer.

„In die Ecke! Hauptsache die Leiche kommt endlich weg.“
„Klar, Chefin.“
„Könnten Sie das Radio ausschalten?“
„Das ist kein Radio. Das kommt von oben. Ein Gesangslehrer mit seiner Schülerin.“
„Ätzend!“
„Wartet noch einen Augenblick. Ich muss rasch … Melissa, pass auf … ja, noch immer von oben. Nein, ich bin nicht bei der Dagmar. Wie oft soll ich noch schwören … Drohst du schon wieder? Aha. Na, dann spring halt! Nein, Liebes, war nur … Moment …“
„Tschuldigung, Herr Gerd, könnten Sie der Dame erklären, dass der Gesang aus der Wohnung im oberen Stock kommt?“
„Ich? Warum?“
„Einfach so, bitte!“
„Hallo … ich bin von der Bestattung … wir holen grad die Leiche ab … nein … das Gewinsel kommt von oben. Mir geht das auch auf die Eier! Aber wir sind ja gleich weg … mein Kollege und ich und der Tote. Nein, sonst ist niemand da. Wollen Sie die Frau Inspektor … aufgelegt.“
„Danke. Sie haben vielleicht ein Leben gerettet.“
„Hier ist ja nichts mehr zu retten. Christoph, komm, wir packen's an!“
„Gleich, nur noch die halbe Seite.“
„Ich glaub, du spinnst! Du kannst doch nicht einfach zu lesen anfangen. Es ist höchste Zeit!“
„Weißt du, was ein ‚Leberreim‘ ist?“

„Komm, pack endlich an. Du die Arme, ich die Beine!“

„Ein ‚Leberreim‘. Da steht: das ist ‚eine Art der Scherzgedichte, welche ehedem bey feyerlichen Mahlzeiten sehr üblich waren, und welche bey Gelegenheit der Hechtleber auf die jedesmahligen Umstände gemacht wurden …‘ - bey und feyerlich mit Ypsilon. Interessant, was? Das heißt also, wer beim Speisen die Hechtleber serviert bekam, musste einen Trinkspruch dichten. Und der musste immer so beginnen: ‚Die Leber ist von einem Hecht und nicht von einem …‘ dann musste man, steht da drinnen, ein anderes Thier nennen, Thier mit ‚th‘, und einen Reim drauf finden. Zum Beispiel, ich probier's einfach: ‚Die Leber ist von einem Hecht und nicht von einem Schwein … sonst wäre sie nicht echt und … würd' viel fetter sein.‘ Oder, warte …: die Leber ist von einem …“

„Das sag ich aber in der Firma!“

„Was?“

„Dass du verrückt geworden bist. Leg das Buch zurück! Und gehen wir an die Arbeit. Pietät, Herr Kollege!“

„'Kleines Lexikon untergegangener Wörter'. Witzig. Sowas hat der gesammelt. Finde ich cool. Ich nehm's mit. Darf ich doch, Frau Inspektor, oder?“

„Mir egal. Vor allem nehmt den da endlich mit!“

Der da bin ich da; ich bin der Dichter. Ihr miesen Gesichter! Und jetzt kalinichta! Ich hab einmal was ganz Blödes über das Wort „kalinichta“ geschrieben. Das war blöd und gespenstisch gut zugleich. Preiswürdig? Oder war das „kalimera“? Spielt das eine Rolle? Das war irgendein Schabernack. Schabaduuu, schabadiiii. Doris Day. Oder ist das aus dem Verdi-Requiem? Blunzen! Die Leber ist von einem Hecht und nicht von einem Gott. Sonst wäre mir jetzt ziemlich schlecht – und just vor dem Kompott! Die Leber ist von einem Hecht und nicht von einem Eber. Und wenn ihr mir ins Herze stecht, erwischt ihr meine Leber. Die Leber ist von einem Hecht und nicht von einem Biber. Und wenn ihr das Genick mir brecht, hab ich euch noch viel lieber. Die Leber ist von einem Hecht und nicht von einem Engel. Und wer am Schluss die Zeche blecht, der ist … der wird …

„Weißt du was ein Afterkind ist?"
„Du die Arme, ich die Beine! Und zwar jetzt!!!"

„Hallo, darf man reinkommen?"
„Mein Gott, der liebe Herr Martin!"
„Wir haben den Leichenwagen gesehen."
„Inspektor Kuzmany. Und wer sind Sie?"
„Ich heiße Gertraud Stroh. Und das ist der Herr Renner. Wir wohnen da drüben, in der Seniorenresidenz."
„Er war ein sehr, sehr lieber Mensch. Er hat uns einmal das Leben gerettet."

Ich? Weiß ich gar nicht. Wahrscheinlich eine Verwechslung. Ich brauche jetzt keine Lebensrettermedaille mehr. Die Dr. Taschner stopft sie mir bloß in die Gedärme, das ist eine neckische Randnotiz, sonst nichts. Ich kenn euch nicht, ihr alten Gespenster! Seid ihr Philemon und Baucis? Oder bist du der Liebe Gott und das ist deine Pfarrersköchin? Ich hab Ehrfurcht vor schneeweißen Haaren. Vor den Falten von Sorgen und Leid. Camillo Felgen. Warum entleert sich die Hirnröhre nicht andersrum: zuerst der Schrott von früher, dann die Diamanten von heute? Lieber Gott, ich hätte da einen kleinen Fragenkatalog.

„Das Leben gerettet? Er?!“

„Nicht persönlich. Durch ein Gedicht.“

„Ja, der liebe Herr Renner war so depressiv damals. Er wollte sich aus dem Fenster stürzen.“

„Ich bin schon ein paar Mal am Fenster gestanden. Am offenen Fenster.“

„Ich hab gesagt, gefleht: Herr Renner, tun Sie das nicht! Auch wenn Sie Leberkrebs haben. Ich hab auch ein Mammakarzinom. Aber wir leben noch. Und vielleicht nimmt alles eine glückliche Wendung.“

„Ich hab an nichts mehr geglaubt, verstehen Sie? Die Herren Bestatter sind ja noch zu jung für solche Gedanken. Aber ich wollte einfach nicht mehr. Ich wollte nicht in die Pflegestation und dann ins Gitterbett.“

„Und ich konnte ihm nicht helfen.“

„Sie hat sich sehr bemüht, die liebe Gertraud. Aber es half nichts. Ich wollte allem ein Ende bereiten.“

„Und ich war fast schon so weit, mit ihm zu gehen.“

„Wissen Sie, wir haben beide keine Familien mehr, zumindest nichts, was sich als Familie bezeichnen ließe. Kinder, ja, irgendwo. Ach, Schwamm drüber.“

„Dann las ich auf dem Schwarzen Brett im Foyer, dass am Nachmittag ein gewisser Herr Martin Klinger bei uns in der Seniorenresidenz lesen würde. ‚Allerlei – Gedichte und Geschichten quer durch die Zeiten.‘ Ich hab den lieben Josef, den Herrn Renner, förmlich zwingen müssen, hinzugehen. Und wir sind hingegangen.“

„Gott sei Dank. Das hat uns das Leben gerettet.“

„Er hat uns zum Lachen gebracht. Verstehen Sie? Endlich wieder lachen! Nach diesen Monaten der Verzweiflung.“

„Wissen Sie, er hat so lustige Gedichte geschrieben …"
„… Sprachspielereien … zum Beispiel mit dem Wort ‚Souflaki'! Das war so witzig!"
„Wir sind in unsere Zimmer gegangen, damals hatten wir noch getrennte Zimmer, und haben weiter gelacht. Und waren gerettet. Er hat uns ins Leben zurückgeführt!"
„Ein paar Tage später haben wir ihn hier vor diesem Haus getroffen. Wir machten unseren Spaziergang, er kam gerade aus der Türe. Wir haben ihn gleich erkannt und uns bei ihm bedankt. Stimmt's, Gertraud?"
„Stimmt, Josef. Wir haben ein bisschen geplaudert und ihn zu Kaffee und Kuchen eingeladen. Für den Sonntagnachmittag, 15 Uhr."
„Er ist auch wirklich gekommen, zu unserer Freude, und hat uns noch ein paar Gedichte vorgelesen. Nur uns beiden. Das war sehr beglückend."
„Herzlichen Dank, lieber Herr Martin! Schön, dass es Sie gegeben hat. Sie waren unser Engel in der Finsternis. Wir werden Sie nie vergessen."

Souflaki? Ein Wortspiel? Könnt ihr zwei mir das bitte aufsagen, jetzt, jetzt sofort, statt einem katholischen Schlussgewinsel … oder noch besser: bei meinem Begräbnis! Hört ihr? Das Souflaki-Gedicht. Das ist ein Befehl! Mir fällt's nicht mehr ein. Camillo Felgen fällt mir ein. Aber mein Souflaki-Gedicht, mit dem ich zwei Menschen vom Selbstmord abgehalten habe, das nicht. Also: „Heile, heile, Gänsje." Dann spricht der Wolf, dann noch einmal „Heile, heile, Gänsje". Dann spricht die Frau Annemarie oder die Jovanka. Gang zum Grab, natürlich zu „Heile, heile Gänsje". Und dann am offenen Grab, bevor ich zur

Mutter gebettet werde, mein „Souflaki“-Gedicht, gelesen, nein: vorgetragen von Philemon und Baucis aus der Seniorenresidenz. Runterlassen. Erde drauf. „Heile, heile, Gänsje“. Das war's dann. Das Fressmahl in der „Hölle“ geht auf Kosten meiner mir so gut wie unbekannten Halbschwester Veronika Klinger.

„Er hat nie wieder gelesen in unserer Seniorenresidenz. Leider. Nur dieses eine Mal. Und an jenem Sonntagnachmittag für uns alleine. Wir sind uns das eine oder andere Mal auf der Straße begegnet. Aber gelesen hat er nicht mehr. Freundlich gegrüßt, aber nicht gelesen. Wahrscheinlich hat ihm die alte Hexe, ich meine: unsere Veranstaltungsdirektorin, zu wenig bezahlt!“
„Die anderen haben das nicht kapiert. Wissen Sie, junge Frau, es gibt solche Alte und es gibt solche. Wir gehören zur Minderheit.“
„Da hat er recht, der Josef. Die meisten sitzen ja schon zu Mittag vor der Glotze und schauen sich Kochsendungen und Gerichtsshows an. Krimis. Und bleiben sitzen bis in die Puppen! Null Interesse an den schönen Dingen.“
„Man kann das Gedicht nicht verstehen, wenn man nicht weiß, was Souflaki sind!“
„Obwohl es in dem Gedicht gar nicht um Souflaki geht sondern um das Wort Souflaki, verstehen Sie? Um den Klang. Souflaki. Es war zu köstlich!“
„Es wird Zeit, Gertraud, das Abendmahl.“
„Du hast recht, Josef. Adieu, lieber Herr Martin!“
„Und tausend, tausend Dank!“
„Wann ist die Beerdigung, werte Herren?“
„Keine Ahnung. Er wird erst einmal obduziert. Der Termin wird

ja wohl demnächst in der Zeitung stehen. Oder rufen Sie einfach im Büro an, Städtische Bestattung."
„Wissen Sie schon, wer ihn umgebracht hat? Und vor allem, warum?"
„Wieso umgebracht, Frau Gertraud?"
„Was denn sonst?"
„Das sieht ja ein Blinder. Dem hat jemand mit einem schweren Gegenstand ins Genick geschlagen. Und jetzt entschuldigen Sie uns."
„Moment! Haben Sie einen Verdacht, Herr Renner? Wer könnte den Herrn Martin ermordet haben?"
„Da müssen sie schon die anderen Heimbewohner fragen. Die kennen sich aus mit Kriminalgeschichten. Das tägliche Glotzen. Auf Wiedersehen."
„Das sollte man nie zur Bestattung sagen!"
„Ach, der Herr Neunmalklug! Wissen Sie überhaupt, was Souflaki sind?"
„Weiß ich, Herr Josef, ess ich jedesmal beim Griechen in der Riedenburg … wissen Sie, was ein Leberreim ist?"
„Wie geschmacklos, junger Mann! Schämen Sie sich!"
„Hab ich was falsch gemacht, Gerd?"
„Leberreim! Idiot! Der Mann hat Leberkrebs und du quasselst was von Leberreim!"
„Oh, das wollte ich nicht. Pardon … oder: Afterkind … sind schon weg."
„Also: du die Arme, ich die Beine!"

Die Leber ist von einem Hecht und nicht vom Totengräber … sonst … und nicht vom Leiter der Städtischen Bestattung … und wenn ihr … Souflaki, Veronika Klinger. Nicht nach

Belieben, sondern Souflaki, ausnahmslos. Wenn die in der „Hölle" sowas nicht zubereiten können, dann geht ihr einfach zum Griechen in der Riedenburg. Souflaki. Aber ihr könnt ja auch hundsordinäre Frankfurter Würstel essen und behaupten, das sind Souflaki. Es geht ja nur um das Wort. Um den Wortklang. Souflaki. Ich, Engel, habe, Menschen das Leben gerettet. Mit einem einzigen Wort. Sprich nur ein Wort und meine Seele wird gesund. Souflaki. Das muss erst einmal einer zusammenbringen! Das rührt mich posthum sehr. Nur so eine Frage: Lieg ich jetzt schon in der Kiste? Ich hab nichts gespürt. Du denkst an das Wort Souflaki und dass du in Wirklichkeit ein Lebensretter warst – und schon liegst du in der Kiste. Möglicherweise. Was jetzt? Murmeln die Herren Bestatter so etwas wie ein Gebet?
Warum murmelst du nicht mit, Kuzmany? Bist du eine lesbische Freidenkerin? Mach doch, was du willst! Gebets-murmeln braucht es nicht. Ich bin nicht rasend katholisch, mir kommt kein Pfarrer an den Leichnam! Der Kuno, der Kuttenbrunzer von nebenan, hat mich genug genervt! Weihwasser statt Feuerlöscher! Wir sind doch keine Kathedrale, wir sind ein Haus für Beklopfte. Wir klopfen uns nicht an die Brust. Nur der Kuno. Der frisst ja schon zum Frühstück Heiligenbildchen!
Der Wolf und die Annemarie sind mir ums Arschlecken lieber als das schwarze Personal. Auch wenn sie Verräter sind, letztendlich. Und Philemon und Baucis. Schneien mir in mein Leben kurz nach meinem Tod! Bringen mich zum Lächeln. Sieht man das? Nein, das ist dieser elende Totengrinser. Er lächelt im Tod. Ja, Pustekuchen! Die Muskeln verziehen sich. Jeder ernst zu nehmende Mensch wird am Totenbett zu einer lächelnden, lächerlich lächelnden Juxfigur. Das ist die Wahrheit, finalmento!

Junger Mann, reden Sie gefälligst lauter! Ja, die alten Deppen! Stecken sich aus grotesker Eitelkeit ihren Hörapparat nicht in die Ohren und kommandieren nette Dichter, die aus reiner Höflichkeit im Altersheim „Allerlei, heiter und besinnlich", lesen, wie kleine Hundsviecher herum! Erstens bin ich kein junger Mann! Und zweitens lass ich mir von euch nicht Knochen zwischen die Beine werfen! Und drittens: steckt euch gefälligst die Lautsprecher in die Muscheln! Und viertens: Souflaki!

Nie wieder, nie wieder! Wenigstens die Gertraud und der Josef! Die einen zischen einen aus und kriegen nichts in ihre toupierten Schädel. Gehen dumpf wie sie gekommen sind zurück zur Frau Fernsehrichterin und den Fernsehköchen, die Nichtigkeiten reden, Nichtigkeiten sieden und rösten, die diesen alten Jammergestalten sofort den Tod bescheren würden. Aber blöd reden: Junger Mann, lauter! Gefälligst! Diese bösartigen Rituale am Schluss. Das ist die Mehrheit.

Die Minderheit, also Philemon und Baucis, hört ein Gedicht, lacht und springt nicht aus dem Fenster. So weit ist Gottes Welt, so atemberaubend weit. Trallala. Im Frühtau zu Berge, im Spättau vertrocknen, fallera, bumms fallera, fidibumms fallera. Sprich nur ein Wörterl. Ein einziges Wörterl! Und im Ort ist Fleisch verdorben, aber das sind wir unter uns gewohnt. Basta. So sei es. Souflaki! Macht endlich den Deckel zu. Ich will es stockfinster haben, wenn das gleißende Licht über mich herfällt.

„Kuzmany? Melissa! Ja, jetzt tragen sie ihn endlich raus ... ich freue mich auch. Muss nur noch die Wohnungstür versiegeln. Dann bin ich auch schon bei dir ... hast du den Wein aufgemacht, Schatz? ... Gut, bis gleich!"

„Sollen wir sonst was mitnehmen, Frau Inspektor? Anzug, Unterwäsche, irgendwelche Sargbeigaben?"
„Da soll sich die Schwester von ihm drum kümmern. Tragt ihn raus. Ich mach den Laden dicht."
„Sie sind der Chef, Frau Chefin."
„Kuzmany? … Ach das liebe Büro. Kollege, was gibt's? Tut mir leid, der Chef ermittelt, undercover. Da hat er sicher sein Handy ausgeschaltet. … Ich? Ich sperre grad die Wohnung zu. Also, was gibt's? … Neues vom Labor, wegen dem Kuvert? Schieß los. Kannst du mir das nicht am Telefon sagen? … Was ist jetzt im Kuvert? Kokain, oder? … Habt ihr was gegen mich? Ich will Feierabend machen! Da verbringt man den ganzen lieben Tag mit einer Leiche und dann … ist das jetzt Koks, ja oder nein? … Sturer Hund! Okay, okay, ist ja schon gut. Ja, bis gleich."

Ooooh! Das wird jetzt eine doppelte Hitze … Hochzeit, Heimkehr? Jetzt spinnt das Hirn wieder. Ich hab schon geglaubt, ich hätte es überlistet. Doppelte was? Hetze? Herz? Hetz'? Wurscht. Was sagst du deiner Braut, Kuzmany? Die Wahrheit? Die glaubt sie dir sowieso nicht. Es wird nirgendwo soviel gelogen wie am Friedhof und … im Freibad? Bei Feiern, unter Freiern, Freizeit, Freiherrn? Die Leber ist von einem Hecht und nicht von einer Hechtin … was ist ein Afterkind? Blackout. Bestatter, sag mir die Lösung. Ich will nicht mit einem Rätselwort vor meinen Töpfer treten. Lehm zu Lehm, Bruchglas zu Bruchglas. Kuzmany, such dir eine neue Kumpanin. Die alte bricht dir noch das Herz.
Die zweite Hetz': Wenn die im Büro der Kuzmany verkünden, was im K-Kuvert drin ist!!! Die wird sich in den Hintern beißen, die Kuzmany. So, jetzt geht's dahin. He, Männer, die Ein-

weghandschuhe passen nicht zu den Krawatten, pfui, schämt euch! Also, letzte Worte, posthum, zum Mitschreiben: Pfiat di, Zimmer! Das ist nicht von mir, Gott sei Dank. Souflaki!!! Lasst mich nicht fallen, sonst fall ich ins Uferlose und breche mir das Genick!

Lieg ich immer noch am Ort des Geschehens, während ich gleichzeitig in der Kiste treppab getragen werde? Spaßig wär's jedenfalls!

„Professore, hast du gelesen?"

„Wolf, du schon wieder! Wo ist deine neue Braut?"

„Ist doch lieber heimgefahren. Vergiss sie. Lies!"

„Steht was drin über mein Buch ..."

„Lies!"

„Okay. Ach so! ‚Ein kurioser Todesfall hat sich heute Früh im Andräviertel ereignet. Ein Mann, 61, wurde in seiner Wohnung von Dutzenden Büchern erschlagen, nachdem eine riesige Regalwand umgestürzt war. Todesursache: Genickbruch. Die Polizei schließt Fremdverschulden bzw. eine bizarre Form der Selbsttötung, möglicherweise in Verbindung mit sexuellen Handlungen nicht aus. In der Wohnung des Toten wurde ein Kuvert mit Heroin gefunden.' Das Foto ist wirklich geil. Bücher, Bücher und die Haxen vom Martin, die dazwischen rausschauen. Dass die den Namen nicht erwähnt haben? – Herr Kurt, noch ein Glas Hauswein, bitte!"

„Für mich auch!"

„Gibt's was Neues, Freunde?"

„Das da, Frank! Lies!"

„Bizarr. Mit 61 noch auf Drogen, da hat er schlechte Therapeuten gehabt. Weiß man, wer das ist?"

„Martin Klinger. Und im Kuvert war Koks!“

„Was, der Klinger? Von dem hätt ich mir das nicht gedacht! Der war doch viel zu harmlos für so etwas. Er hat mir einmal ein Buch geschenkt. Das war richtig lieb irgendwie. Nichts Bedeutendes. Ich hab es meiner Mutter gegeben, die hat sich gefreut. Er hat immer auf den Durchbruch gewartet. Genickbruch ist eine enttäuschende Alternative. Habt ihr das gewusst vom Koks und seiner abartigen Veranlagung?“

„Aber was! Natürlich nicht.“

„Harmloser und unauffälliger als der Martin kann man gar nicht sein. Ich hab mir eher gedacht, der wird einmal nach dem dritten Glas Wein da drüben an seinem Stammtisch friedlich einschlafen. Und aus.“

„Irgendwer hat mir erzählt, dass er auf eine Spenderleber gewartet hat.“

„Auch möglich. Trinken wir noch eines auf unseren Freund Martin Klinger?“

„Aber sicher! Herr Kurt, noch eine Runde!“

Erkenntnis: Man geht also in Fransen, man franst sich auf. Ich bin schon in dreifacher Ausfertigung unterwegs: in der Kiste, am Tatort, im Café. Switchen. Schwitzen. Wieso schwitzen die Träger? Ich habe mein Idealgewicht: 80 Kilo auf 1'80 Größe. Wobei man ca. 21 oder 22 Gramm für die Seele abziehen muss; die ist dem Leichnam ja bereits bei Eintritt des Todes entwi-chen. Ist das jetzt so eine Art schwerathletische Übung? Olympiareif? Stemmen, Drücken, Reißen, Sargtragen? Ich hab einmal von der Disziplin „Sargwerfen samt Inhalt“ gehört, bin mir aber nicht ganz sicher, ob das in einem schwarzen Witz vorgekommen ist oder im Kinderprogramm bei der Bestatter-messe in St. Pölten.

Vielleicht ist mir das auch grad eingefallen. Was fällt dir ein?! Was fällt einem alles ein, so allein in seinem Totenzimmer! Naja, ich hab schon mehr gelaicht, gelocht. Irgend sowas.
Ich könnte jetzt Bücher lesen, die nicht mir gehören. Wieso hab ich die Arme über Kreuz in der Kiste? Habt ihr das gemacht, Bestatterburschen? Bringt das was für später oder ist das einfach eine logistische Angelegenheit. Eine Platz sparende Maßnahme? Jetzt sind wir immer noch im Treppenhaus. Kriegt ihr Zeitlupenzuschuss? Ich lieg in der Kiste wie ein Fußball-spieler, der in einer Abwehrmauer stehend seine Eier schützt vor dem Freistoßball. Das Wort Kiste bringt nicht viel im Moment.
Das mit der Spenderleber ist die größte Gemeinheit, die ich je gehört habe. Die Spenderleber ist von einem Hecht und nicht für mich bestimmt. Ich hab weiß Gott gesüchtelt, night and day, solang ich denken und mich in den Arsch beißen kann. Aber das Bilirubin in meinem Blut kann ich jedem Waisenheim vererben. Und keiner wird daran sterben, so wahr mir Gott helfe. Diese Scheiße in der Zeitung! Zum Glück steht mein Name nicht dabei. Meine Beine gefallen mir selber. Deine Beine sind wie von einem Reh, hast du gesagt, Fabian. Aber ich hab dir nicht weiterhelfen können. Die Beine sind von einem Reh und nicht von einem Feuersalamander …
Sauft euch an, Kollegen, und verschüttet mir ja keine Tränen. Der Teufel soll euch holen! Kann ein Toter eine Entgegnung verlangen? Und wie stellt er das an? In welches Hirn und in welchen Schreibfinger muss man sich einklinken? Der hat sich nicht getötet, verstanden? Und schon gar nicht in Verbindung mit sexuellen Handlungen! Wolf, Wolf, Wolf, stell das bitte klar. Ich setz mich mit meinem Arsch in dein Gesicht und furz dir die Wahrheit in die Ganglien. Könnte ich nur mehr in der Kiste

furzen oder auch astralleiblich? Schafskopf! Bitte, Wolf, rette meinen Ruf!!! Ich war vielleicht nicht das größte Ass auf Erden, nicht der größte Schriftsteller, nicht der tollste Liebhaber etc. pp. Aber ich hab nach keiner fremden Leber getrachtet, ich hab nicht gekokst, und abartige sexuelle Handlungen kenne ich nur aus den Büchern anderer.
Zur Seite, Herrschaften! Kein Auflauf auf dem Trottoir! Machen Sie Platz! Das bin nur ich, der ins Exil getragen wird. Habt ihr noch nie zwei schwitzende Totenträger und eine Transportkiste für Überreste gesehen? Weg da! Oder applaudiert wenigstens! Darf ein Leichenwagen im Halteverbot stehen?
Okay, jetzt verrate ich das K-Geheimnis. Ihr werdet enttäuscht sein. Hört mir überhaupt jemand zu? Mir doch egal, mich geht das alles nichts mehr an. Da soll sich die Kuzmany einen Zahn ausbeißen dran. Und diese Schnepfe Klinger, Vaters zweiter Wurf. Also: K heißt nie im Leben Koks. Das K auf dem Kuvert heißt … Aufpassen! Jetzt hätten mich die Idioten fast in den Gully gekippt! Ja seid ihr noch bei Trost? Das gibt eine Aufsichtsbeschwerde. Da schreib ich glatt einen Leserbrief. „So wird heutzutage mit unseren lieben Leichen umgegangen!" Türe zu und Abfahrt!

„Ist das euer Ernst?"
„Unser voller Ernst, Frau Inspektor!"
„Kein Koks sondern …"
„Feiner weißer Sand, Kuzmany."
„Und das K?"
„Keine Ahnung. Ist auch nicht wichtig."
„Alles ist wichtig."
„Das müsst ihr morgen richtigstellen, Frau Inspektor!"

„Was müssen wir richtigstellen …“

„Das da! Steht ja in der Abendausgabe: ‚In der Wohnung des Toten wurde ein Kuvert mit Heroin gefunden.‘“

„Heroin? Das war Koks! Dieser Scheiß-Charly! Koks! Hab ich ihm doch extra gesagt am Handy …“

„Du hast dem Schmierfinken …“

„Wisst ihr, wie lästig der sein kann?!“

„Weiß das der Chef, Kuzmany?“

„Nöö. Und er sollte es auch nicht erfahren, bitte, Kollegen!“

„Jedenfalls war das kein Kokain, das war weißer Sand!“

„Ein mieser Typ aber ein guter Fotograf. Oder?“

„Echt. Ist ja fast ein Kunstwerk. Wahnsinn. Lauter Bücher und die nackten Beine einer Leiche. Kann ich bitte mal die Lupe haben?“

„Stehst du auf Leichenbeine, Kuzmany?“

„Da, dieses Buch! Da steht: ‚Martin Klinger: Der Bücherna …‘ Mehr kann man nicht lesen. Das hat wohl er selber geschrieben. Hol ich mir morgen, vielleicht bringt uns das weiter. Feiner weißer Sand? Warum? Woher? Wieso füllt jemand weißen Sand in ein Kuvert und schreibt auf den Umschlag ein K drauf?“

„Tja, Kuzmany, das ist euer Fall. Vielleicht weiß der Oberinspektor schon mehr, undercover und so.“

„Hallo? Ach, du bist es. ... Ja, ich musste noch kurz ins Büro ... nein, bin ich nicht. Ehrlich ... du hast den Wein allein ausgetrunken ... fang nicht schon wieder damit an ... nein, wie oft soll ich noch. Gut dann komm ich nicht. Ich muss sowieso Schluss machen."
„Ärger, Frau Kollegin?"
„Geht euch einen Scheißdreck an!"

Herzchen, Herzchen, du erbarmst mir. Hier spricht meine vierte Franse. Deine Kollegen sind alte Rüpel, deine Tussie ist eine Nervensäge. Das K heißt Konstanze. War eine Jugendliebe. Den Sand hat sie mir aus Tunesien mitgebracht. Ach, die Liebe, Liebe, Liebe, Liebe, die macht viel Spaß. War einmal. War einmal schön. Konstanze, weggeflutscht, aus den Augen, in die Sinnkrise. Kein Foto in meinem Resthirn. Sie muss schön gewesen sein. Das K-Kuvert hab ich sogar in Berlin mitgehabt. Sentimental journey. Ach, Herzmany, weinst du wegen mir oder wegen ihr. Ob du mein Buch noch findest? Ist ja alles drunter und drüber, seit mich die Burschen aus dem Trümmerberg gezogen haben. Jetzt willst du auch noch wissen, was die kleine K. in Tunesien gemacht hat, wo sie sich im Moment befindet und ob sie dir weiterhelfen kann in meiner Sache. Keine Ahnung.
Herzmany, ich schreib dir eine Widmung ins Buch. Du musst die Seite bloß in der Heiligen Nacht unters UV-Licht halten. So dreieinhalb Strophen lang. Vielleicht rieselt dir dann mein Name in den Schnee oder ins Dekolleté. Oder knapp daneben. Finster war's, der Mond schien helle. Ich wäre jetzt gern bei der Sonja, einfach so. Aber da ist kein Anschluss unter dieser Hirnakrobatik. Ist sie mir abhanden gekommen, bin ich ihr abhanden gekommen? Man stirbt nicht, wenn man in den

Herzen der Menschen weiterlebt, die man verlässt. Ja, ja. Danke vielmals. Oft gesagt. In welchen Herzen lebe ich weiter? Die Rührseligkeit überrascht mich. Ich hab mich vor jeder Abschiedsrede abgehärtet wie ein Klitschko-Bruder. Hab mir die bevorstehenden Trauerlieder ein Dutzend Mal angehört, bloß um cool zu sein, auf meinem Pultplatz neben dem Blumensarg. Um keine Träne zu verschütten. Ich bin ein harter Knochen. Ein Vollprofi. Und jetzt würde ich am liebsten heulen wegen schmählicher Verachtung, boshafter Verleumdung, herzlosen Vergessens, so milimeterknapp nach meinem Tod. Sonja, hab ich dich geliebt? Wenn nicht, auch gut. Schedskojedno!
Nichts, nichts, nichts.
Unwichtig.
Klebt mir der Daumen am Gaumen?
Die Zunge ist von einem Hecht?
Ich liege jetzt wohl in einem Kühlfach, Schließkiste, wie mein Schüssel damals im Tiefkühler im Hotel. Ist das die Gerichtsmedizin? Belanglos. Alles belanglos. Tausendmal im Fernsehen gesehen. Erst die Mumie, dann der Klinger. Frau Dr. Taschner, das Blind Date hab ich mir irgendwie galanter vorgestellt. Hab ich ein Namensschildchen an meiner großen Zehe? Klinger Martin, 61, berühmter Schriftsteller a. D., Genickbruch?

„Frau Doktor, der Genickbruch ist da!“
„Der muss bis morgen warten. Gute Nacht!“
Gute Nacht, Frau Doktor, gute Nacht! J'attendrai. Ich werde warten bis zur letzten Hundertstelsekunde.
Aha! Atmosphärische Tänzelei! Ohne Anklopfen. Da muss jemand das polizeiliche Siegel aufgebrochen haben. Jetzt wird's

fidel. Dafür kommst du ins Kittchen, Veronika Klinger. Und du auch, Wolf! Der Faden ist nicht durchschnitten. Warum soll ich nicht mehr in euren Gedanken sein, bloß weil ich nicht mehr in euerm Blickfeld bin? Guter Schlusstext. Aber nicht für mich. Mir genügt mein Souflaki-Gedicht, unbekannterweise. Und dann „Heile, heile, Gänsje" mit Publikumsgesang.

Veronika, Wolfshund, ihr billigen Gauner, Bonney und Clayderman! Du halbseidene Halbschwester, du so genannter Freund! Da sagt diese Assel, sie fährt nach Linz heim, alibimäßig, er tut auch so, als sei sie abgedüst für immer ... und in Wirklichkeit knacken sie das Schloss und dringen in eine wildfremde, nämlich meine Heimstatt ein! Ich bin das Fädchen und ihr seht mich nicht. Das ist eine Komödiensituation! Ihr habt natürlich Handschuhe an, Miststücke! Die Kuzmany wird Augen machen, morgen früh, wenn sie mein von mir telepathetisch mit einer Widmung beschnörkseltes Buch „Der Büchernarr" holen will. Was sucht ihr überhaupt? Meine Sparbücher? Kleiner Scherz. Ich hab von der Hand in den Darm gelebt, zuletzt. Mit gelegentlichen Ausflügen in die fantastische Welt der Frau Annemarie und ihrem Anhängsel, dem Café.

„Vielleicht hat er in den Büchern was versteckt!"
„Glaubst du?"
„Möglich wär's. Obwohl, eine arme Sau wie er ..."
„Vorhänge zu! Ran an die Bücher! Hast du die Taschenlampen mit?"
„Hey, du kennst dich ja gut aus, Veronika!"
„Ich denke nur logisch. Okay. Bücher am Einbanddeckel nehmen und schütteln. Wie einen Staubwedel."

„Passt, Chefin."
„Und immer mehrere Bücher gleichzeitig, dann sind wir schneller durch."
„Und wenn wir was finden, teilen wir."
„Logisch!"

Da bücken sich die zwei Schreckgestalten im fahlen Funselschein ihrer Latrinen, steigen über meinen Corpus drüber, treten auf meinen Corpus, bloß weil ich nicht mehr leibhaftig da liege, steigen mir in die Eier, die Augen, die Speiseröhre, die Leber und schütteln Bücher aus, als hätten sie 41 Grad im Schatten. Jovanka, geliebte Jovanka, das müsstest du sehen. Es würde dir die Krautrouladen, mazedonisches, bei den Ohren herauspressen. Abschaum, abscheulich, absurd. Schüttelgespenster! Illegal und wie von Sinnen!

„Wenn einer 10.000 im Kuvert in der Wohnung liegen lässt, dann hat er garantiert wesentlich mehr auf dem Sparbuch."
„Logisch!"

Wir fahren fort in unserer Latenightshow mit dem perfiden Bücherschüttlerballett. Macht mal Pause und lest das Buch, das ihr gerade zufällig in der Hand habt. Vielleicht ist es ja eines von mir. Einfach lesen, bis die Kuzmany kommt. Dann könnt ihr weiterschütteln. Solang ihr schüttelt, kann euch die Kuzmany keine Handschellen umklimpern. Oder hat die Kuzmany, blöd wie sie ist, sentimental wie sie ist, die Handschellen am Bett ihrer Loverin vergessen? Bücher sinnlos aus den Ärmeln schütteln – darauf steht, verdammt noch mal, die Todesstrafe!
„Ha! Gewonnen!"

„Was ist, Veronika?"
„Da ist ein Sparbuch rausgefallen."

Welches Sparbuch? Aus welchem Buch?

„Und wie viel ist drauf?"
„35.000 Euro."
„Wahnsinn! Macht siebzehnfünfhundert für jeden von uns! Darauf gehen wir jetzt einen trinken. Ich hab jede Menge Prosecco in meinem Atelier! 17.500 Euro. Nicht schlecht. Steht sein Name dabei?"
„Kein Name. Anonymes Buch. Bloß ein Losungswort."
„Und du glaubst, das finden wir raus, Veronika?"
„Wir müssen! Aber zuerst die restlichen Bücher. Wir sind gut in der Zeit."
„Okay, schütteln wir weiter. Wobei: 35.000 ist ein Wahnsinn. Hätte ich ihm nie zugetraut, dem guten alten Martin Klinger!"

Die Leber ist von einem Hecht und das Sparbuch ist nicht von mir. Nie im Leben. Nicht einmal im Tod. Das war für Tamara gedacht. Hört ihr, das war für Tamara gedacht. Wer ist Tamara? War ein wunderschönes Mädchen. Ein wunderschönes Mädchen, Herrin zugleich. Ja, Freunde, ja, ich liebe diese Hure. Hure? Kenn ich nicht, Natürlich nicht. Wer klickt sich in meinen Funkverkehr ein? Kurios.

„Ein Zettel!"
„Und?"
„Bloß die Rechnung aus der Buchhandlung."
„Dass die Spurensicherung das Sparbuch nicht gefunden hat,

ist schon seltsam. Oder?"
„Ach, das sind faule Säcke, Wolf. Da! Noch ein Zettel! Wie heißt das Buch? ‚Leben über den Tod hinaus'. Was der so zusammengelesen hat, mein verrückter Halbbruder! Das müsste seine Handschrift sein."
„Und? Was steht auf dem Zettel?"
„Unwichtiges Zeug. Hör zu. ‚Tom Waits zum Beispiel, alles von Tom Waits. The Beasts Of Bourbon – Rest in Peace'. Keine Ahnung. Suchen wir weiter, Wolf!"

Unwichtiges Zeug?! Das ist meine Abschiedsliste! Das sind meine Lieder fürs Begräbnis, falls ihr „Heile, heile, Gänsje" nicht auftreiben könnt! Bitte, Wolf, sag dem Trampel, dass das die Musiknummern für mein Begräbnis sind. Sie wird ja bald bei der Bestattung aufkreuzen und dann muss sie nur den Zettel ablesen. Schreib, bitte, Wolf, ich flehe dich an, „Heile, heile, Gänsje" dazu. Mach schnell, bevor ihr verhaftet werdet!

„Ich bring dich morgen zur Bestattung, Veronika."
„Nicht nötig, das schaff ich allein."
„Wie du meinst."
„Die letzten Bücher. Dann vertschüssen wir uns."

„Hello? Is there somebody?"
„Scheiße! Der Klavierspieler!"
„What the hell are you doing?"
„Hello! I'am the sister of the dead man. And this is his best friend. We are looking for a nice picture. For the funeral ceremony, you know?"
„The door was sealed by police. It's Hausfriedensbruch!"

Das Wort ist sein Lieblingswort. Typisch Jeremy Arschloch! Fuck you und Hausfriedensbruch. Und jetzt sagt er den beiden Einbrechern, dass er die Polizei anrufen wird. Und sie fallen vor ihm auf die Knie.

„Umgekehrt, Mister. We call the police. Wir sagen: als wir zufällig am Haus meines verstorbenen Bruders vorbeikamen, sahen wir Licht. And then we saw the open door. And a man with a Taschenlampe. Looking for something in Martin Klingers Wohnung."
„Oh, how silly you are, little asshole!"
„Just a moment, Sir. Look, we have Einweghandschuhe. And plastic things over the shoes. And you? Your fingerprints … the police will find them on the door and on this Taschenlampe. Hepp!"

1:0 für dich, Veronika. Während der Wolf herumsteht und die Hosen voll hat. Jeremy, jetzt hast du die schwarze Petersilie. Ach, wie sterbenslangweilig ist diese Comedia. Hinter mir die Sintflut. Im Kittchen gibt's auch Kaffee und Kipferl. In the kitchen of the Kittchen. Kitsch as Kitsch can. Ist das von mir? Wurscht. Sie handeln einen Deal aus, aber den will ich gar nicht wissen. Jetzt schütteln sie einander die Hände, knipsen die Laternen ab, ziehen den Vorhang wieder auf, wischen mit Schneuztüchern die Fingerprints von Taschenlampe und Türklinke und machen sich wie Ausbrecher aus dem Staub.

That's it.
Lücken, Langeweile.
Kiste.

Der Küster küsste die Küste. Der Küster hüpfte mit der Küsterin in die Kiste. Dürfen Küster küssen? Pfarrer nicht. Nur heimlich. Das Wort Pfarrer streiche ich jetzt genüsslich küsslich aus meinem Wortfransenschatz. Pfarrer, Pfarre, Pfarr, Pfar, Pfa, Pf, P … weg, pfutschikato.

„Chef, Sie müssen sofort kommen … ich weiß, wie spät es ist, 3 Uhr 24 … ich hab einen Anruf bekommen, anonym … verstellte Stimme und so … dass ich in die Wohnung vom Klinger kommen soll … ja, der Genickbruch … ich hab meine Visitenkarten im Flur aufgelegt, am Abend … falls jemandem was einfällt … nein, keine Ahnung, Mann, Frau, ich weiß es nicht … unser Siegel ist aufgebrochen … es war wer in der Wohnung … okay, bis gleich!"

3 Uhr 24. Ist das spät, früh? Ist das heiß oder kalt? Was haben die Räuber mit dem Mörder gedealt? Dritteln sie jetzt die Spareinlage? Ich hab einmal was gehabt mit einer Kellnerin in Berlin. Wir sind uns so zärtlich begegnet, eines Abends im August. Sie hatte ein Tablett voller Getränke und Nachtmahlzeiten auf ihrem … Schultergürtel? Ich guck in die Luft, sie macht eine nette Tanzfigur um die eigene Achse. Peng. Bumstinazl!
Die Welt geht zu Bruch, mehrmals täglich. Mit Bruchglas müsste man dealen. Wir waten also in einem See aus Bier und watscheln in einem Gatsch aus Klopsen aufeinander zu. Dann küssen wir uns. Es könnte auch sein, dass sie mich geohrfeigt hat. Wieso fällt mir das gerade jetzt ein? In der Kiste. Küsste?

Kussmany? Halt! Erinnerungsblitz! Das Sparbuch. Die Kellnerin, das muss in der Gastwerkstatt Julchen Hoppsassa im Nikolaiviertel gewesen sein … genau, jedenfalls sehr leicht möglich … zuerst die Ohrfeige, dann der Kuss und dann haben wir eine Nacht lang nach dem Losungswort für ein Sparbuch gesucht, das ihr ein verstorbener Lover kurz vor dem Exitus in die Hand gedrückt hat. Ohne das Losungswort zu verraten, der exaltierte Idiot! Sowas macht man doch nicht. Eine ganze Nacht lang haben wir Wörter aufgeschrieben, bloß weil ich gesagt habe, dass ich Schriftsteller bin und mich mit Wörtern auskenne. Aber doch nicht mit Losungswörtern, Dummkopf!
Egal, am nächsten Vormittag, im Bankinstitut, nach dem siebzehnten Versuch, hat der Sparbuchverwalter gemeint: „Leider nein." Große Scheiße. Und der namhafte Betrag ist sonst wohin geflossen, wahrscheinlich in den Gully. Nach einer Bockwurst und einem Berliner Kindl haben wir uns getrennt, für immer. Sprich nur ein Wort … Souflaki. Aber das wird es auch nicht gewesen sein. Die verdammten Versuchswörter hab ich noch im gebrochenen Schädel. Carmen, Rio, Ferrari, Schampus, St. Moritz, Netrebko, Cunnilingus, Rolex, Zitronensorbet, Mäuseschwänzchen, Sting, Herzchen, Yacht, Heidi Klum, Ohrläppchen, Toskana, Kaktus. Nix, lauter Nieten.
Herz steht still, der Bart hat aufgehört zu wachsen, der Schwanz ist geschrumpft, keine Spermaspuren. Die Welt verleumdet und schändet mich mit Lügengeschichten. Entgegnungen werden nicht angenommen. Aber das Affenzeug knistert noch die Schaltstrecken entlang. Affenwörter für ein Onenight-Kopfzerbrechen! Carmen, Rio, Ferrari … Ich mach's wie beim Pfarrer. Von hinten nach vorn. Kaktus, Kaktu, Kakt, Kackt euch ruhig ins Hemd, Herr Wolf, Frau Veronika. Jetzt

seid ihr wegen einer Hirnblase und einem anonymen Sparbuch ins Kriminal gerutscht!

Kak, Ka, K.

„So, jetzt holen wir die alle aus dem Schlaf, Kuzmany!"
„Gern, Chef! Wo fangen wir an?"
„Bei der Bibelmilbe nebenan. Hol ihn rüber!"

Und der Herr Inspektor und seine Achselhöhle, die Kuzmany, holten sie alle von der Liegestatt. Den Herrn Kuno, der so tat, als wüsste er von nichts, die Auerbach, die so besoffen war, dass sie von nichts wusste, das schwule Paar, das sich erst auseinander lösen musste, die Dings, den Bums, den Herrn Mörder von oberhalb. Niemand wusste was. Alle taten verwundert. Der Jeremy war's, der Klavierlehrer! Und der Wolf! Und die Veronika! Aber wer hört auf einen Toten, noch dazu, wo er gar nicht mehr anwesend ist. Alle mussten ihre Pfoten ins Pfotenmemorykissen drücken. Und dann durften sie wieder schlafen gehen. 4 Uhr 25. Good night, oh, good night, entschuldigen Sie bitte die Störung.

„Was haben die gesucht, Kuzmany?"
„Vielleicht ein Buch?"
„Spinnst du?"
„Ich hab noch nicht geschlafen, Chef."
„Man sieht's dir an. Geh schlafen! In drei Stunden sehen wir uns im Büro!"
„Alles klar."
„Hast du die Schwester und diesen Wolf angerufen?"

„Mach ich morgen, Chef."
„Glaubst du, die Putzfrau war's?"
„Die Putzfrau?"
„Vielleicht hat die noch ein paar Schlapfen vergessen …"
„Bis morgen, Chef."
„Morgen ist heute."
„4 Uhr 30. Klar."
„Der Tangokurs war stinklangweilig. Weißt du, Kuzmany, ich mag den Tango an und für sich. Aber manchmal kann das so stinklangweilig sein."
„Ich kenne mich da nicht so aus."
„Du solltest auch irgendwas Sportliches tun, Kuzmany. Hast du schon wieder zugenommen?"
„Ich? Kann schon sein."
„Ja, kann sein, sollte aber nicht."
„Ich bin so müde, Chef!"
„Tango macht nur Spaß, wenn eine Live-Kapelle spielt. So aus der Konserve … das ist nichts."
„Ich leg mich in das Bett vom Klinger, Chef. Vielleicht bricht ja noch wer ein."
„Gute Idee. Schlaf gut. Übrigens, ich bin der Theo, höchste Zeit, dass du du zu mir sagst. Wie lange bist du schon bei uns, Kuzmany?"
„Acht Monate."
„Wie heißt du eigentlich mit dem Vornamen?"
„Edith."
„Kuzmany klingt besser."
„Und du, Chef?"
„Hermann."
„Schlaf gut, Chef."

„Du auch, Kuzmany."
„Dann bis morgen."
„Bis heute!"
„Hast du eigentlich auch ein Privatleben, Kuzmany?"
„Schon, Chef, aber das ist meine Sache."
„Okay. Wenn du Probleme hättest …"
„… das ist nett von dir, aber ich hab keine Probleme."
„Ist er gut zu dir?"
„Ist gut zu mir, ja."
„Lass sie schön grüßen!"
„Wieso …"
„Es ist nichts so fein gesponnen, es kommt doch an die Sonnen. Altes Polizeilied. Keine Angst, Kuzmany, von mir erfährt niemand was."
„Gute Nacht."
„Soll ich dableiben?"
„Nein, danke, Chef."
„Okay, bis demnächst."

Lücken. Lügen.
Was war das: Souflaki?
Haben mich die Alten verwechselt?
Verarscht?

„Sie sind Frau Klinger?"
„Ja, ich bin die Halb … die Schwester."
„Grüß Gott, Frau Klinger, Gehringer mein Name. Zuallererst: mein aufrichtiges Beileid."
„Danke. Das tut gut."
„So ein Abschied von einem lieben Menschen, das ist immer

ein ganz besonderer Moment. Und wir von der Städtischen versuchen, diesen Moment so schön und stimmungsvoll wie nur möglich zu gestalten."

„Ja, ich hab das gehört."

„Also, Frau Klinger. Dann zunächst zu den profanen Dingen. Ihr Bruder, Martin Klinger, wann ist er geboren?"

„Der Martin ... der ... ach, ich bin so nervös, so traurig ..."

„Das ist klar, Frau Klinger. Andere Frage: Welchen Beruf hatte er inne?"

„Er war, ich glaube, ja, freischaffend unterwegs, so ... er hat geschrieben."

„Also Schriftsteller."

„Wenn Sie meinen. Ja, ja. Sagen wir: Schriftsteller."

„Schriftsteller also."

„Die Dokumente liegen bei der Polizei."

„Wir lassen uns die Daten von der Polizei faxen."

„In Ordnung."

„Welcher Konfession gehörte ihr Bruder an?"

„Naja, gute Frage ... hätten Sie ein Glas Wasser für mich?"

„Selbstverständlich. Herr Prohaska, würden Sie bitte ..."

„Christlich war er. Ja, doch."

„Also möchten Sie ein kirchliches Begräbnis?"

„Warum nicht. Das heißt: kein Begräbnis. Mein Bruder wollte anonym bestattet werden."

„Aha. Auch gut. Also eine Kremation. Und wo wollte er anonym bestattet werden?"

„Hier, das Glas Wasser, bitte."

„Danke. Auf dem Zentralfriedhof."

„Sie meinen: Kommunalfriedhof."

„Klar. In Salzburg halt."

„Im anonymen Urnenfeld also. Kein Problem. Und die Verabschiedung soll ein Pfarrer besorgen?"
„Doch. Ja, ja, ein Pfarrer."
„Jetzt muss ich Sie fragen: römisch-katholisch, evangelisch, altkatholisch?"
„Normal katholisch halt."
„Gut. Und wann soll die Verabschiedung stattfinden?"
„So bald wie möglich. Also, wenn die Leiche nach der Obduktion freigegeben wird."
„Ich verstehe. Herr Prohaska, rufen Sie bitte in der Gerichtsmedizin an, wann mit der Freigabe der Leiche zu rechnen ist. Und dann fragen Sie die Pfarrer durch, wer in der nächsten Zeit einen Termin frei hätte."
„Mach ich, sehr gerne."
„Also, wie gesagt, so schnell wie möglich. Ich lebe in Linz und muss meiner Arbeit nachgehen."
„Verstehe. Zur Verabschiedung, Frau Klinger. Also ein Priester soll die Zeremonie durchführen. Gibt es jemanden, der über Ihren Bruder ein paar Sätze sprechen will? Ein Freund, ein Kollege, jemand aus der Familie?"
„Nein, das soll der Pfarrer machen, ganz kurz."
„Welche Musik sollen wir denn einspielen? Meistens wünschen die Angehörigen am Beginn das ‚Ave Maria' und zum Schluss ‚Time to say goodbye.'"
„Wäre es auch möglich, ich frage einfach, Live-Musik zu spielen?"
„Selbstverständlich. Live-Musik ist immer gut. Die meisten Menschen denken gar nicht daran. Wir hätten da zum Beispiel eine Bluesharmonika-Spielerin, einen klassischen Organisten und ein Gesangsquartett."

„Und wenn ich selbst jemanden auftreiben würde?“
„Umso besser. Sie müssen es uns nur rechtzeitig sagen.“
„Mach ich.“
„Möchten Sie in der Zeitung eine Todesanzeige schalten?“
„Eigentlich nicht.“
„Gut. Rosenkranzbeten am Abend vor der Verabschiedung?
„Muss das sein?“
„Es ist nur ein christliches Angebot.“
„Eigentlich nicht.“
„Gut. Haben Sie eine letzte Kleidung für Ihren lieben Herrn Bruder mitgebracht?“
„Wissen Sie, das ist jetzt vielleicht ganz ungewöhnlich... aber der Martin hat mir beim letzten Telefongespräch gesagt, wir haben da zufälligerweise und ganz ohne Grund über das Sterben geredet, er würde am liebsten ... also, so wie er stirbt ... ist das unzumutbar?“
„Des Menschen Wille ist sein Himmelreich.“
„Das geht also ... im Bademantel?“
„Was glauben Sie, Frau Klinger, in welchen Gewändern wir schon Verstorbene in den Sarg gelegt haben. Ich sage nur: Bermuda-Shorts. Lack und Leder. Wir sind ein Dienstleistungsbetrieb. Wir stellen keine Fragen.“
„Danke. Und wegen der Musik melde ich mich noch.“
„Ich halte also fest: Trauerfeier in der Feuerhalle am Kommunalfriedhof, Termin: frühester Zeitpunkt nach Freigabe der Leiche. Kein Rosenkranzbeten, keine Todesanzeige. Die Zeremonie führt ein noch zu bestimmender Pfarrer durch. Keine weiteren Ansprachen. Musik wird von der Familie beigestellt. Beisetzung der Urne zu einem späteren Zeitpunkt im Anonymen Urnenfeld. Richtig?“

„Richtig."
„Wunderbar. Könnten wir jetzt die Särge durchschauen und die Sargausstattung? Kommen Sie bitte!"

Wehe dir! Wehe dir!
Das Ganze ist ungültig! Ich rufe meinen Anwalt an!
Das ist die größte Gemeinheit seit der Erschaffung der Welt.
Die ist nicht zuständig! Die ist nicht zurechnungsfähig. Meine Halbschwester ist eine Irre! Gemeingefährlich! Steckt sie ins Narrenhaus! Kuzmany, steck sie ins Narrenhaus! In die Zwangsjacke! Tötet sie per Elektroschock! Sie macht alles kaputt, sie haut mir mein Leben in Scherben. Kuzmany, du meine einzige Hoffnung. Wach auf und schnapp das Mörderpack. Es geht um alles!!!

„Na, Kuzmany, gut geschlafen?"
„Es geht so, Chef. Und du?"
„Geht auch so. Hat noch jemand eingebrochen?"
„Natürlich nicht. Aber mit dem Wolf und der Klinger hab ich telefoniert. Die waren echt schockiert. Sie war die ganze Nacht in Linz und er hat in seinem Atelier geschlafen."
„Gibt's Zeugen?"
„Nöö."
„Ich hab dir was mitgebracht, Kuzmany."
„Frühstück?"
„ Nein, aber die Morgenzeitung. Schlag die Seite 7 auf!"

„Ah ja: ‚… Martin K., 61, … in ein Tötungsdelikt in der Schwulenszene verwickelt … Berlin … konnte ihm nichts nachgewiesen werden … sein eigener bizarrer Todesfall erscheint nun in einem ganz neuen Licht …‘ blablabla. Der Charly! Hat der in Berlin recherchiert?“
„Hätten wir auch tun können. Tun wir aber nicht. Das macht den Klinger nicht lebendig. Der tut mir fast schon leid.“
„Dir, Chef? Warum?“
„Weil sein ganzes Privatleben in die Öffentlichkeit gezerrt wird. Die Geschichte mit dem Koks, die sexuelle Orientierung und jetzt auch noch, dass er schwul war. Fakt ist: Das Koks war weißer Sand. Und dass einer Pornocassetten in seiner Wohnung liegen hat, heißt noch lang nix!“
„Chef, du bist ja richtig menschlich!“
„Weil's wahr ist, Kuzmany!“
„Glaubst du das mit der Schwulenszene?“
„… konnte ihm nichts nachgewiesen werden. Das ist der wichtige Satz. Zuerst hechelt man irgendeine anrüchige Geschichte daher und dann schreibt man: konnte ihm nichts nachgewiesen werden. Er war der größte Mörder aller Zeiten, aber es gilt die Unschuldsvermutung. Er hat seine Kinder missbraucht, aber es gilt die Unschuldsvermutung. Er war in ein Tötungsdelikt in der Schwulenszene verwickelt … aber es konnte ihm nichts nachgewiesen werden. Die Kuzmany ist praktizierende Lesbe, aber es gilt die Unschuldsvermutung!“
„Chef, bitte! Hör auf!“
„Seit wann bist du Lesbe?“
„Immer schon. Aber das bleibt unter uns, okay?“
„Okay, okay.“

Wow. Geballte Kraft. Der Oberinspektor ließ sich erschöpft auf einem Felsvorsprung des Bücherberges nieder und wischte sich mit einem zufällig am Boden liegenden Schneuztuch den Zornesschweiß von der Stirn.
Ich geh jetzt nicht mehr ins Café. Der Journalist hat mich beim Namen genannt, jetzt bin ich stigmatisiert für alle Ewigkeit. Dass er schwul war, hätte ich nicht gedacht. Naja, möglich ist alles. Frau Annemarie, Sie werden da keine Ausnahme sein. Fabian, zu Deiner und meiner Ehrenrettung. Du wunderbarer Friseur in Berlin. Die Zeit mit dir war schön, wir haben über unsere Mütter geredet, deine war ja erst vor kurzem gestorben. Du warst schwul, ich war nicht schwul. Wir sind am Wochenende ein paar Mal am Großen See mit dem Ruderboot gefahren und haben in der Strandkneipe Bier getrunken und Brezen gegessen. Du wolltest mich küssen, ich hab gesagt: sorry, und du hast geseufzt. Trotzdem war es schön. Ich hab meine Bücher geschrieben, du hast fremde Köpfe bearbeitet. Und wenn du mir den Schädel massiert hast in deinem Friseurladen, hat das verdammt gut getan. Dann hast du den Jonathan kennen gelernt, ich weiß nicht mehr wo, und wir beide haben uns nur mehr sporadisch getroffen. Wir hatten ein Date verabredet, weil du mir was erzählen wolltest, du hast traurig geklungen. Zu dem Treffen ist es nicht mehr gekommen. Man hat dich gefunden, in deinem Laden, mit offenen Pulsadern.
Es war alles zu spät. Aber mein Name ist an dem Tag, an dem du Selbstmord begangen hast, in deinem Notizbuch gestanden, rot eingekringelt. Ich hatte nichts mit deinem Tod zu tun. Ich bin immer noch sentimental, wenn ich daran denke. Ich hab dir die Abschiedsrede gehalten, Fabian. Das ist alles, die Wahrheit, die Wahrheit und nichts als die Wahrheit, so wahr mir Gott

helfe. Das solltet ihr wissen, ihr alle. Aber ihr wisst es nicht. Ihr seid an Lügen interessiert. Ihr seid Lügenfresser, in eure Schädel passen nur Lügen. Sie sind die Wahrheit? Pardon, kein Platz in meinem Hirn! Verreckt! Trinkt euern Kaffee und verreckt!
Aus. Amen!

„Kuzmany? Ah, die Frau Doktor Taschner … echt? Das ist aber schnell gegangen … Sie mailen den Bericht ans Büro, fein. Könnten Sie schon ein bisschen was … wir sind noch am Tatort. Super. Ich wiederhole, dass mein Chef auch alles mitkriegt, also … Genickbruch, die Hämatome und die Quetschungen am ganzen Körper vom Aufprall der Bücher … der Bücherwand … klar, vom Sturz ... selbst die Regalwand umgerissen … die Spuren an den Handinnenflächen, verstehe … die Organe altersgemäß … bis auf eine hochgradige Fettleber … aber noch keine zirrhotischen Veränderungen … und jetzt kommt's! Chef, aufpassen! … ein Erstickungsanfall … ausgelöst durch ein Keks … ein Teil davon ist statt in die Speise- in die Luftröhre gelangt … also Atemnot, er hebt die Arme … krallt sich an dem Regal fest, dann ein kleiner Abhuster … die Erstickungsgefahr ist gebannt … aber dafür fliegt ihm das Regal mit den Hunderten Büchern ins Genick … Danke, Frau Doktor. Fremdenverschulden ausgeschlossen … aha, mit Sicherheit. Wir kriegen ja den ausführlichen Bericht … was ist noch? In der Speiseröhre ein Stückchen Papier … aber der hat noch nicht Papier gegessen, oder?!? Okay, das wird noch genauer untersucht … herzlichen Dank und einen spannenden Tag … ja oder so. Tschüss!“

Frau Doktor, mein Gott, hab ich was verpasst? Bin ich an meinem Körper so wenig interessiert? Haben Sie sanft geschnitten? Mit der Geflügelschere? Stopfen Sie mir die Fettleber wieder in den Bauch? Oder kommt die ins Museum? Wen interessiert's? Sie, aber nicht im Ernst, oder? Sie sind mit Ihren Gedanken schon wieder bei der Mumie.

„Sie können ihn zunähen, Harald!"
„Mach ich, Frau Doktor."

Weg. Bloß weg!
Äh … ich wollte mich entschuldigen.
Ja, so soll es sein. Aus. Amen! Entschuldigen? Was heißt das? Ist das mein Schuldenkonto?
Die Regale. Pfuscharbeit.
Klar, sonst wäre die Wand nicht vom Himmel gekippt.
Meine Schuld.
Mein? Deine? Was jetzt? Ein Regal ist ein Regal, ich habe, vermute ich, denke ich … ist das „Denken"? … mich festgekrallt, so mit den Armenvierteln nach Hindustan … und rumms, ramms, rimms, scheißegal. Eine räumliche Veränderung, wie wenn man aufs Plumpsklo geht am Matterhorn und in die Röhre Richtung Ewigkeit fällt. Ist das wichtig?
Wichtig? Totsein ist nicht wichtig. Aber dass du, darf ich du sagen?, dass du Schaden erlitten hast …
Ich sage immer du zu mir. Aus Schaden wird man klug. Morgen, wenn ich ins heißgeliebte Café gehe … Blödsinn, ich hab ja meine Jahreskarte verloren. Weißt du, was ein Afterkind ist? Was fällt Ihnen … dir … zum Stichwort „Souflaki" ein? Achtung, fertig, los, Zeit läuft, Zeit steht. Wollte wer was sagen?

Das mit der Tamara …
Mit der Tamara … ja, wie jetzt … hallo … die Leber ist von einem Afterkind und nicht von einem … Sparbuch? Hallo, hallo … haaa … weg.

„Grüß Gott, ich bin der Pater Thomas. Danke, dass Sie gekommen sind, Frau Klinger."
„Grüß Gott, Herr Pfarrer, ich müsste auch bald wieder …"
„Also, um es kurz zu machen: wir werden eine Verabschiedung nach dem offiziellen Ritus der heiligen katholischen Kirche durchführen. So soll es doch sein, oder?"
„Ja, unbedingt. So hat es sich mein lieber Bruder gewünscht, vielleicht nicht zu lang …"
„Übrigens, mein aufrichtiges Mitgefühl."
„Danke, Herr Pfarrer."
„Keine Angst, ich werde mich kurz fassen. Haben Sie Fürbitten vorbereitet?"
„Fürbitten? Nein, sowas wollte mein Bruder nicht. Nur die üblichen Gebete. Oder ein Gebet halt. Also das Vaterunser, aber nicht alle Strophen."
„Pardon, das Vaterunser hat nur eine Strophe."
„Ich kenne mich da leider nicht so gut aus."
„Dann überlassen Sie alles mir. Die üblichen Texte und Gebete, Der Herr ist mein Hirte, Psalm 23, das Apostolische Glaubensbekenntnis, die Lesung zum Tag samt Predigt, kurz, ich weiß, ein bisschen was Persönliches und dann die Aussegnung und ein abschließendes Segenswort."

„Das klingt gut irgendwie."
„Welche Musik haben Sie gewählt, Frau Klinger?"
„Ja, das ist noch in der Schwebe. Vielleicht spielt jemand live … also am Anfang und am Schluss."
„Ist gut. Aber bitte dem feierlichen Anlass angemessen. Und jetzt erzählen Sie mir ein bisschen was über ihren lieben Bruder."
„Naja, also zum Beispiel …"

Weg, weg, weg, weg, weg, weg!!!

Frau Doktor Taschner, Ihr Mitarbeiter, der Arsch Harald, hat mir ein Herz auf die Brust genäht! Oder ist das ein Friedensgruß? Peace? Ich piss dir in den Rinnsal mit den scharfen Messern, herzloses Obduktions-Schneiderlein!

Zurück ins Räuberlager? Ins Bücherzelt? In die Ruine. Komm ich zu spät? Letzte Vorstellung abgesagt? Keine Sau mehr hier? Nach Berlin, wenn man könnte, aber da fährt kein Zug vorbei. Berlin ist außer Reichweite. So ein Schaas. Eine Wohnung kann so öd sein, wenn man tot ist!
Was war mit den Frauen?
Was soll mit den Frauen gewesen sein?
Oder mit den Männern?
Sind das jetzt, lieber Gottstehmirbei, die Fragen für die Aufnahmeprüfung? Dann ist das aber ein schöner Quatsch. Dann hätte ich mir mein Leben ersparen können! Ich hab halt einfach gelebt. Zählt das nichts?
Kein Angst, ich auch. Aber auf einmal ist das vorbei. Was hast du denn so gemacht?

Äh, tja … Tippen. Tippstrill in die Tasten tippen, bis ein Roman daraus geworden ist. Oder ein Wort. Souflaki.
Souflaki?
Ja, frag mich halt was Leichteres! Tippen, ist das ein Wort? Okay, dann nicht. Tippe. Tipp. Tip. Ti.T.
Ich wollte ja nur … also, wegen der Tamara …

„Frau Zanke, ich bin Oberinspektor Bauer. Und das ist meine Assistentin Kuzmany."
„Ja, guten Tag."
„Also. Hatte Herr Klinger bei Ihrem Institut Sparbücher, Wertpapiere, Bausparvertrag, oder sonst irgendwas in der Richtung?"
„Nichts von alledem. Das Konto von Herrn Klinger war oft überzogen, aber nie so hoch, dass man etwas unternehmen hätte müssen. Minimale Ausgaben, minimale Einnahmen. Das ist nicht gerade das, was man sich von einem Bankkunden erwartet. Aber es ist immer alles korrekt abgelaufen."
„Wenn ich ‚10.000 in bar' sage, Frau Zanke … fällt Ihnen da irgendwas ein?"
„Da fällt mir Vieles ein, Herr Oberinspektor. Aber nicht Herr Klinger, der als Allerletzter. Weder eingezahlt noch abgehoben. Da kann ich Ihnen nicht weiterhelfen."
„Sparbuch hatte er also keines."
„Nicht einmal ein anonymes."
„Sagt Ihnen, Frau Zanke, der Name Tamara etwas?"
„Tamara? Ich kenne ein paar Tamaras, die in unserer Filiale ihr Konto oder Wertanlagen haben. Tamara Achleitner, Tamara Jobst, Tamara Wasner. Warum fragen Sie?"
„Wenn jemand mit einem anonymen Sparbuch zu Ihnen käme

und er wüsste das Losungswort nicht – was passiert dann?“

„Nun ja. Wenn wir die Person kennen, dann helfen wir ihr auf die Sprünge. Denken Sie an ein Urlaubsziel, denken Sie an ein Lieblingsgericht, ein Auto, einen Schauspieler, einen volkstümlichen Musikanten … denken Sie an einen lieben Verwandten, an die erste Liebe … das hilft so gut wie immer. Wenn nicht, tja – Pech gehabt.“

„Es ist ja auch nur so eine Idee von der Kuzmany. Wissen Sie, es ist ein Testament aufgetaucht …“

„Ein Testament?“

„Also vom Klinger. Und da vermacht er, ein bisschen schwulstig, und ohne notarielle Beglaubigung, alles einer gewissen Frau Tamara. Soll eine Hure gewesen sein.“

„Huren, pardon, zählen nicht zu unserem Kundenstock. Ich muss schon bitten!“

„Naja, Genaueres wissen wir ja auch nicht. Aber letzte Nacht ist in der von uns amtlich versiegelten Wohnung eingebrochen worden. Und vielleicht hat der, haben die Täter tatsächlich was gefunden. Ein Sparbuch zum Beispiel. Wenn also jemand auftaucht mit einem anonymen Sparbuch …“

„… verstehe, Herr Oberinspektor, und das Losungswort Tamara anbieten würde …“

„Genau, Frau Zanke, dann halten Sie ihn hin und rufen sofort die Polizei.“

„Spannend irgendwie.“

„Finden Sie?“

„Diese Bank ist dreimal überfallen worden. Zweimal war ich auf Urlaub, einmal schwanger.“

„Na dann. Sie rufen uns an?“

„Unbedingt.“

„Wie gesagt, das ist eine Vermutung. Vielleicht gibt es auch kein Sparbuch."
„Tatsache ist, dass eingebrochen wurde."
„Ach, Herr Inspektor, in jeder Wohnung gibt es ein Sparbuch. Oft ist es in einem normalen Buch versteckt."
„Zum Beispiel, Frau Zanke, zum Beispiel."
„Also, vielleicht sehen wir uns."
„Hoffentlich!"

Ist das ein Bankinstitut oder schon die Zeremonienhalle? Die Entschuldungsformalitäten oder die finale Anfeuerung? Am Schluss wird er angefeuert, angefeuert, angefeuert! 600 Grad bis zur Herzschmelze.
Kuzmany, hast du mich in die Bank gelotst? Hast du den Meteoriten gewechselt? Werden hier Wetten angenommen? Ich wette, von mir kriegt ihr keinen Pfifferling mehr. Ihr könnt mich per Lochmaschine entwerten. Einfach am Ohrwaschl oder am Kehlkopf. Wurscht. No Money. Ich bin reich wie eine Wolkenhaube. Ich brauch nichts mehr zu meiner Verwesung. Keine Sparlampe, kein Filterpapier. Ich zersetze mich zum Nulltarif. Aber zuerst muss ich unter die Erde. Und nicht in den Ofen. Herrgottscheißkerl, hilf mir! Die Veronika steuert mich gegen die Uferböschung! Ich will zur Mutter! Ins Muttergrab! Und nicht verbröselt werden wie das Zeug aus der Verlegenheitszigarette. Bitte! Hilfe! Ich brauche dringend Hilfe!

„Wen holt ihr ab?"
„Den Klinger. Klinger Martin."
„Dritte Lade links, unten."
„Danke, Frau Doktor."

Jö, die Bestatterbuben! Ihr schwitzt ja schon wieder? Sind das Tränen. Seid ihr meine Helferlein, um die ich geflennt habe? Kippt mich in die Salzach, seid so gut. Ich scheue das Feuer. Schenkst du mir deinen Prachtanzug? Ich will nicht im Morgenmantel im Abendlicht ankommen. Ich wollte ins Muttergrab, komplett wie ich bin, hübsch gekleidet, mit gescheiteltem Haar, geschneuzt und gekampelt, wie man halt zur Mutter zu Besuch kommt. Mein Gott, Mutter, was gibt's Neues? Könnt ihr mich nicht heimlich eingraben. Und in den Holzkasten legt ihr hundert Bücher und ein bisschen Grillkohle aus dem Lagerhaus. Das, wenn ihr macht, das wäre ein grandioses Feuerwerk am Schluss. Die Mutter ist längst skelettiert, die ist schon eine Ewigkeit tot. Dann bin ich nach Berlin gegangen, um dort mein Unglück zu versuchen. Tragt ihr mich? Oder gehe ich neben euch her? Ich kann das. Ich bin gut im Gehen.

Ins Café bin ich immer gegangen, egal von wo her. Nie gefahren, immer gegangen. Aus allen Himmelsrichtungen, auf die Frau Annemarie zu, auf den Wolf, den Professore oder still für mich. Auch in Berlin, da erst recht. Immer gegangen, ins Nikolaiviertel, an den Großen See. Mir ist das peinlich, wenn ihr mich da so durch die Gassen tragt. Oder sind wir am Ende gar im Leichenwagen? Hast du auch keinen Führerschein, Fahrer?

Wissen möchte ich, ob sie mir ein Schildchen an meinem Stammtischsessel anschrauben. Zum Beispiel: „Hier saß der schwule Kokser K., der sich für einen Dichter hielt und der seinem Leben während eines abartigen Sexspiels eigenhändig ein Ende bereitete. Wanderer, kommst du an diesem Stuhl vorbei, bedenke …“ Ach, kippt mich von der Brücke. Seid so freundlich. Und dann geht auf ein Bier bei den „Drei Hasen". Auf meine Rechnung.

Professore, du spielst mir also was auf deinem Sax zum Abschied? Hab ich das richtig verstanden? Ein Pfarrer, eine Verbrennung, keine Rede vom Wolf, husch, pfusch und ab die Post. Aber du spielst mir was vor? Kannst du „Heile, heile?" Das kann jeder Affe. Jedes Afterkind? Dreimal „Heile, heile Gänsje". Das letzte Mal nach dem Souflaki-Gedicht. Und in der „Hölle" beim großen Fressen und Saufen auf Frau Veronika Klingers Kosten spielst du Tom Waits. Alles von Tom Waits. Nur Tom Waits, stundenlang. Tom Waits am Saxophon, bis sich alle an den diversen Türen und Fenstern aufgehängt haben. Dass du an den Professore gedacht hast, Schwester, werde ich dir bis in den Ofen hinein nicht vergessen. Tausendmal lieber als „Time to say goodbye" aus den Lautsprecherboxen. Tausendmal! Das ist ja direkt ein Himmelsgedanke! Die Leber ist von einem Saxophon und nicht von Herrn A. Bocelli. Das Saxophon, das Saxophon, das regelt den Verkehr? Ist das Saxophon, wenn kein Aas darauf spielt, ein totes Instrument? Oder bloß eine Krempelmaschine, wie das meiste Zeug im Leben? Hast du Töne!!!

Den Anzug, mein Herr! Her damit. Ich schenke dir den Morgenmantel dafür. Den Bestatteranzug! Gib schon her! Wir tauschen die Kleider, jetzt oder nie. Zieh gefälligst die Hosen aus, den Rock, das Gilet, das Hemd, die Krawatte. Die Schuhe kannst du behalten. Nimm meinen Bademantel und geh! Auf ein Bier. Ein Fass Bier. Tu's! Gnade! Hier winselt ein zerfranster Mensch. Ein Mensch! Kennst du das Wort „Würde"? Lass mich nicht nackt verrecken. Mir friert die Herztätowierung auf meiner Brust ein, als wäre das eine Winternacht. The Saxophon has been drinking … not me … not me … not me … not me … not me …

„Wonach suchen wir, Chef?"
„Nach Keksen, Kuzmany."
„Nach Keksen?"
„Keksen. Plätzchen. Er hat sich an einem Keks verkutzt und dabei die ganze Lawine ins Rollen gebracht. Hat die Frau Dr. Taschner gesagt."
„Ich weiß, Chef. Und warum suchen wir?"
„Keine Ahnung. Reiner Instinkt."
„Morgen ist die Verabschiedung."
„Und heute suchen wir nach Keksen."
„Ich verstehe es zwar nicht, aber bitte. Suchen wir nach Keksen. Du bist der Chef."
„Genau."

Die Dings und er, der Dings, stierln in meiner Ex-Heimat wie die Müllkinder im fernen Brasilia. Stierln dort, wo der Herr Klinger, meine Wenigkeit, geschrieben, gelebt, gelitten hat. Bis ihm der Berg das Genick gebrochen hat. Stierln, suchen, suchen, stierln. Ha, sagt die Verkutzdichnicht und hebt ein Kekserl auf, ein ganzes, eines, auf das noch niemand herniedergetrampelt ist. Herzig wie ein Kinderherzerl im Monat 4 vor Christkindls Geburt. Ein Kekserl, jö!

Und jetzt auf einmal, Lichtjahre nach dieser Scheißgeschichte, fällt mir etwas ein. Der Dings, nein … ich, ich, Martin Sowieso, huscht im Bademantel treppabwärts, um die Zeitung aus dem Postkasten zu holen … Hirn, bleib noch ein bisserl auf meiner Seite! … Huscht zurück. Da merkt er erst, also ich, dass ein Papierteller mit ein paar Kekserln neben dem Fußabstreifer steht. Jö, Kekserl. Das ist aber nett. Der Rest ist amtlich. Er nimmt ein Kekserl, an seinem Schreibtisch sitzend, verkutzt sich daran, reißt in Todespanik die Bücherwand um und krepiert.
Da bricht der Herr das Brot, der Herr Oberinspektor Bauer das Kekserl – und siehe da … siehe da. Gütiger Gott! Das Kekserl ist von keinem Hecht; es ist von einem Nachbarn? Die Kuzmany Edith riecht zirka sechs Ewigkeiten lang an dem Keks wie ein Schnüffelhund. Auf einmal sagt sie mit klarer Stimme: „Hildegard von Bingen, das ist ein Hildegard von Bingen-Keks!"
Jetzt ist alles klar. Jetzt, wo es keine Rolle mehr spielt. Was ist klar? Außer dass ich ein Kekserl vom Papierteller vor der Tür gegessen und mich verkutzt habe. Vielleicht auch erst am dritten Keks.

„Was riechst du, Kuzmany?"
„Honig, Muskatnusspulver, Nelken, Mandeln."
„Bittermandeln? Zyankali?"
„Aber Chef, das hätte uns die Taschner doch sofort gemeldet! Keine toxischen Stoffe im Körper. Steht ja im Obduktionsbericht!"
„Hat sich die Frau Doktor noch nie geirrt?"
„Nie, Chef! Das ist ein ganz normales Hildegard-von-Bingen-

Keks. Das macht die … also die Melissa … die bäckt die auch. Sind aber nicht zum Naschen!"

„Sondern, Kuzmany?"

„Eher was für die Nerven. Heilkekse, verstehst du? Ein Erwachsener sollte nicht mehr als sechs pro Tag zu sich nehmen! Kinder allerhöchstens drei."

„Okay. Ein Heilkeks. Wenn man Pech hat, gerät ein Brösel in die Luftröhre, man kriegt ein Erstickungsgefühl, reißt in Todesangst ein Regal voller schwerer Bücher um. Und das war's dann."

„So wird es wohl gewesen sein, Chef. Schreibt ja auch die Dr. Taschner."

„Wobei sich zwei gewichtige Fragen stellen. Erstens: woher stammt der Papierteller vor der Tür?"

„Zum Beispiel … von diesem seltsamen Nachbarn, Chef, dem, wie heißt er … Kuno Zeller."

„Richtig, Kuzmany. Hast du dich schon einmal an einem Keks verkutzt?"

„Nicht dass ich wüsste. Aber sowas geht schneller als man denkt. Schätze ich."

„Okay. Der Klinger steckt sich ein Hildegard-von-Bingen-Keks in den Mund … und so weiter. Was hat die Taschner noch geschrieben?"

„Zum Beispiel, dass sie in seiner Speiseröhre ein Stückchen Papier gefunden hat."

„Das führt direkt zur entscheidenden Frage. Was für ein Papier? Eine Serviette vielleicht?"

„Das wollte sie noch genauer untersuchen."

„Ruf sie an, Kuzmany. Sofort!"

Ich glaube es nicht, ich glaube es nicht, wobei es völlig schnurrze ist, ob ich es glaube oder nicht. Der Herr von der Soko Genickbruch hält ein Stückchen Papier in der Hand … ein Futzelchen. Und jetzt denkt er, was stimmen könnte, dass sich dieses Futzelchen mitten im Keks befunden hat. Ein Futzelchen, groß wie der Nagel vom kleinen Finger. Die Kuzmany tippt die Nummer von der Gerichtsmedizinerin auf ihrem Handy, sagt was, lauscht, sagt noch was, lauscht und drückt die Endtaste. Das Futzelchen, das die Taschner aus seiner, meiner Speiseröhre gezupft hat, muss mit anderen Futzelchen zusammen ein kleines Bild ergeben. Wie so ein Fußballerstarporträt zum Sammeln und Tauschen. Der Herr Oberinspektor nimmt die Lupe zur Hand. Und jetzt sagt er zur Kuzmany: „Auf meinem auch!"

„Hast du mit dem Zeller geredet, Kuzmany?"
„Niemand daheim."
„Haben wir seine Handynummer?"
„Nein, Chef."
„Kuzmany!!!"
„Tschuldige. Aber ich hab ihm einen Zettel an die Tür gesteckt. Dass er sofort kommen soll."
„Auf dem Zettelchen in seiner Speiseröhre ist auch sowas."
„Echt?"
„Schau! Ist das ein Teil von einem Schwert? Die Klinge, der Knauf? Ist das ein Handschuh, eine Hand? Die Taschner hat auch von einem Schwert geredet. Im Keks … oder in den Keksen muss ein Bildchen gesteckt haben, auf dem ein Schwert eine Rolle spielt. Eine Warnung vielleicht."
„So mafiamäßig, meinst du, Chef?"

„Warum nicht. 10.000 Euro in bar. Vielleicht hätte er die dringend zahlen müssen."
„Warum? Wem?"
„Ja, was weiß denn ich, Himmeldonnerwetter!"
„Da, Chef! Noch ein Stück Papier! Passt das dazu?"
„Zeig her. Da steht sogar was! ‚...art...' Bringt uns die ganze Sucherei irgendwie weiter?"
„Ich glaube nicht, Chef."
„Lassen wir ihn ruhen in Frieden, Kuzmany. Vergessen wir das alles. Fremdverschulden ist ausgeschlossen. Alles andere macht die Entrümpelung. Oder ein Antiquar. "
„Ist wohl das Vernünftigste."
„Morgen wird er beerdigt ..."
„... verabschiedet. Und dann verbrannt."
„Glaubst du, der Nachbar kommt hin?"
„Eher nicht. Möglich wär's."
„Du weißt, wann und wo, Kuzmany?"
„Ich hasse Verabschiedungen, Chef."
„Okay, dann gehe ich mit dir."
„Na gut."
„Abmarsch."
„Soll ich wieder versiegeln?"
„Wozu?"

Und gingen, gehen. In den jungen Tag. In den alten Tag. Das war's dann.
Wie gesagt, das mit dem Regal tut mir wahnsinnig leid. Ich wollte es reparieren lassen. Also neue Dübel und so. Aber dann bin ich vorzeitig gestorben.
Ach so ist das. Naja. Halb so wild.

Ich hätte dich warnen müssen.
Ich hätte die Kekse nicht essen sollen. Obwohl, irgendwie war das ja süß von dem Idioten Kuno. Stellt mir der Kekse vor die Tür, in die er die Futzelchen von einem Heiligenbild versteckt hat. Der mit dem Schwert. Der heilige Martin … der seinen Bademantel in zwei Teile … für eine nackte Frau? Nein, das ist die falsche Seite in meinem biblischen Hirn.
Die Leber ist von einem Hecht und nicht vom heiligen Martin. Ja, hätte sich der Schwertfisch in meinem Magen zu voller Größe aufblähen sollen? Wäre ich dann ein frommer Kerl geworden? Von innen bekehrt? Egal, so was von egal.
Warum lachst du?
Weil das so himmelschreiend grotesk ist, so grottenmäßig komisch! Da verschluckt sich einer an seinem Namensheiligen, reißt tölpelhaft die Bücherwand um und erschlägt sich mit Büchern, die nicht einmal ihm gehören.
Ja, das ist mir richtig peinlich. Aber ich hab den Großteil der Bücher auch schon übernommen. Frag mich nicht von wem. Ich weiß es nicht. Dem Vormieter halt.
Das Sparbuch ist von dir?
Klar. Und das Losungswort lautet: Stefanie.
Warum Stefanie?
Weil Stefanie meine Tochter ist. Also die Tochter von Tamara und mir.
Du hast ein Kind? Von dieser …
… sie war eine Hure ja. Aber der wunderbarste Mensch auf Erden. Für mich. Sie könnte … Geld … gebrau …
Und das mit den Pornos?
Das … nicht … weißt du … es ist … hallo … Hallo?! Wie schaut Gott aus? Soll ich ihm eine Blume mitbringen? Hallo!

„Was sagst du, Kuzmany. Kein Mensch ist gekommen!"
„Ist ja erst Dreiviertel, Chef. Die kommen schon noch."
„Nicht einmal Sterbebildchen gibt es."
„Der billigste Sarg. Ein schäbiges Blumengesteck. Was soll das heißen? ‚In Liebe – Deine Schwester Veronika'. So ein Herzchen! Der Pfarrer ist auch noch nicht da."
„Die Pfarrer kommen immer im letzten Moment, Kuzmany! Manchmal auch zu spät."

„Da, jetzt kommt wer. Was tragen die von der Bestattung? Noch einen Sarg?"
„Ein Klavier, ein Klavier!"
„Ach so!"
„Musik. Wenigstens etwas."
„Ich hasse die Feuerhalle. Und wenn am Schluss die Eiserne Türe zugeht – grauenvoll."
„Schau, schau, die zwei Alten aus der Seniorenresidenz, Hand in Hand. Das ist lieb."
„Und die Putzfrau!"
„Jetzt sind schon drei Menschen da. Was für ein großartiger Abschied. Traurig, Kuzmany oder?"

„Kuzmany? Ach Sie sind's, Frau Zanke … Chef, die von der Bank ist dran!"
„Gib her! Hallo … tatsächlich! Ein Mann und eine Frau. Sie ziemlich attraktiv … er so zirka 60 … Na bitte! Wir sind sofort da! … was heißt das, sie sind weg? Ach, du Scheiße! … ja, verstehe … das heißt: ganz verstehe ich es nicht. Wie kann man so idiotisch sein! … Nein, Sie können nichts dafür … aber ja, Frau Zanke … trotzdem Danke!"

„Was ist los, Chef?"
„Die sind tatsächlich gekommen, der Wolf und die Veronika Klinger. Haben ein Sparbuch vorgelegt und als Losungswort ‚Tamara' angegeben."
„Und warum hat die Zanke sie nicht festgehalten?"
„Die Zanke war grad am Klo. Das hat eine Kollegin übernommen. Und die hat nichts gewusst von der ganzen Geschichte."
„Die hat sie einfach gehen lassen?"
„Genau! He, Kuzmany, da kommen sie!"

Fünf Chinesen mit dem Saxophon … wo bleibt der Professore … wir rollen schon auf die Eiserne Türe zu. Offen lassen! Bitte, bitte nicht die Türe schließen! Ich hab Platzangst! Jovanka, ich küsse dich. Philemon und Baucis, habt ihr mein Souflaki-Gedicht geübt? Wolf, scher dich zur Hölle. Sauf dir einen runter. Verschwinde aus meinen Gedanken! Wolf, Wol, Wo, W. Weg! Veronika, danke, dass du wenigstens das Sax bestellt hast. Wo bleibt der Professore? Wo sind die anderen? Die Hausgemeinschaft? Der Kuno, der mir den heiligen Martin intravenös geschickt hat? Die Auerbach? Sonja? Frau Annemarie? Jetzt hätte ich euch alle noch einmal so richtig gern gehabt. Leckt mich am Arsch!

Grüß Gott, Herr Pfarrer. Ich hab Sie nicht engagiert. Ist das Kleid von Armani? Ich trage Bademantel, unfreiwillig. Hoffentlich stört das Ihre Andacht nicht.
Das Glöcklein bimmelt. Punktum. Jetzt geht's los.
Wer ist die blonde Frau? Gar nicht so unhübsch? Kenne ich die? Nööö. Was macht die beim Klavier? Wer ist der Mann am Klavier? Lieber Gott, spreng mich sofort in die Luft und die ganz Bude auch! Das ist die größte Sauerei, die sich ein Teufel ausdenken kann. Hirn, schalt endlich ab!!!

„Kennst du den am Klavier, Kuzmany?"
„Klar, Chef. Das ist der verrückte Klavierspieler aus der Wohnung über der vom Klinger."
„Und sie?"
„Keine Ahnung, irgendeine von seinen Singamseln."
„Das ‚Ave Maria'. Puh, die muss noch üben! Meinst du nicht auch, Kuzmany?"
„Das kann meine Mutter besser! Die ist im Kirchenchor und manchmal singt sie auch Solo, bei einer Hochzeit oder zu Weihnachten. Viel schöner als die!"
„Hat das die Halbschwester eingefädelt?"
„Garantiert!"

„Was hat der Pfarrer gesagt?"
„Aus der Tiefe, Herr, rufen wir nach dir. Und das andere habe ich vergessen. War nichts Wichtiges."
„Dass er ein Sünder war und dass wir für die Vergebung seiner Sünden beten sollen. Oder so ähnlich."
„Ach ja, dass er seinen Weg im Leben nicht gefunden hat. Und dass Gott ihm jetzt den Weg weisen wird."
„Nichts über seinen Beruf? Dass er ein Schriftsteller war?"
„Nichts, Chef. Nur, dass ihn das Leben auch auf die Schattenseiten geführt hat."
„Das ist aber auch nicht fair! Was kommt jetzt?"
„Das Vaterunser."
„Ich bete nicht mit. Aus Protest!"
„Ich auch nicht."
„Das Lied geht schon irgendwie nahe, auch wenn es so mies gesungen wird, oder?"
„Ich hasse ‚Time to say goodbye'. Seit der Verabschiedung von meinem Bruder. Er ist nur 37 geworden."
„Tut mir leid, Kuzmany. Edith. Echt."
„Danke, Chef."
„Das war's dann, oder?"
„Der Pfarrer ist jedenfalls weg."
„Gut, dann schnappen wir uns den Herrn Wolf und die liebe Frau Klinger."

„Pardon …"
„Ach, die Polizei. Nett, dass Sie auch gekommen sind!"
„Entschuldigen Sie mich einen Augenblick, ich muss nur die Musiker bezahlen."
„Kuzmany, geh mit!"

„Ja, so ist das Leben. Jetzt ist alles vorbei."

„Noch nicht ganz, Frau Klinger."

„Klar, Herr Kommissar, die Wohnung entrümpeln. Das machen wir morgen, der Wolf und ich."

„Entrümpeln?"

„Oder sollen wir die Wohnung anzünden?"

„Lieber nicht. Haben Sie das Sparbuch oder der Herr Wolf?"

„Was meinen Sie, Herr Kommissar?"

„Ob Sie das Sparbuch haben oder er."

„Sparbuch?"

„Tamara."

„Woher wissen Sie …"

„Also wer hat es jetzt?"

„Keine Ahnung."

„Würden Sie bitte die Handtasche öffnen?"

„Wolf, komm. Es gibt Probleme!"

„Was ist los?"

„Geben Sie mir das Sparbuch. Sie kennen ja nicht einmal das Losungswort."

„Welches Sparbuch?"

„Das Sie bei Ihrem Einbruch in Klingers Wohnung gestohlen haben!"

„Okay. Das geht sowieso in den Nachlass. Und da ich die einzige Erbin bin …"

„Frau Klinger. Für Einbruch in eine polizeilich versiegelte Wohnung gibt es Haftstrafe, ein paar Monate mindestens. Das gilt natürlich für Sie beide. Und dann kommt dazu der Versuch, eine Bank durch Vorspiegelung falscher Tatsachen zu betrügen. Auch nicht schlecht."

„Was machen wir jetzt. Ich will das Geld gar nicht."

„Ich auch nicht, Herr Kommissar."

„Ja, dann geben Sie uns das Sparbuch."

„Und die Sache ist gegessen?"

„Das wäre schon möglich."

„Und die 10.000?"

„Welche 10.000, Frau Klinger?"

„Schon gut. Hier ist das Sparbuch. Adieu."

Die Leber ist aus Feuer ... in der Hölle wird nichts eingeschenkt. Das Leben klingt einfach aus ... ohne Spur eines Schattens. Der Jovanka hätte ich ... wie ein Vogerl, gefallen aus warmes Nesterl ... Handkuss ... die Bürgermeisterhand? Rot wie der Sonnenuntergang am Wallersee. Schön.

„Frau ... wie war der Name?"
„Eberherr, Jovanka, ist nicht schwer zu merken, Herr!"
„Wir hätten da was für Sie ..."
„Aber es bleibt unter uns."

Mein Gott, das is'ja'n Ding ... dasjanding

„Können wir diesem Kuno was anhängen, Chef?"
„Mordversuch mittels Heiligenbildchen?"
„Also nicht."
„Eher nicht, Kuzmany."
„Chef, werden wir diese Tamara finden?"
„Wir müssen, Kuzmany!"

„Und wo finden wir sie?"
„Irgendwo. Wir sind ja kreativ, oder?"

„Arbeitet sie noch im Gewerbe?“
„Was weiß ich?!“
„Machst du dich schlau?“
„Undercover?“
„Undercover. Statt Tangotanzen.“
„Kuzmany, du Biest!“
„Danke für das Kompliment, Chef.“
„Gern geschehen.“

„Und woher stammen die 10.000 Euro?“
„Gute Frage!“
„Und?“
„Weißt du, manchmal hat einer, dem man es nicht zutraut, einen Haufen Geld in der Lade oder im Kopfpolster. Aber das merkt man oft erst, wenn er tot ist. Die Jovanka hat's verdient, oder?“

„Gehen wir was essen, Chef, ich lade dich ein!“
„Hey, Kuzmany, super!“
„Zum Italiener? Oder Sushi? Oder zur ‚Hölle'?“
„Wie wär's mit dem Griechen in der Riedenburg, Kuzmany? Da war ich schon lang nicht mehr.“
„Auch gut.“

„Hätte ich was sagen müssen?“
„Was denn, Chef?“
„Dass er ganz anders war. Dass das nicht gestimmt hat, was in der Zeitung stand, dass er mir leid tut. Dass es ein Verbrechen ist, wenn man einen Menschen entsorgt wie alte, abgegriffene Bücher … dass dieser Martin Klinger …“

„Chef, mach dich nicht fertig. Gehen wir."

„Hast recht, Kuzmany. Souflaki?"

„Zum Beispiel."

Krimis im Molden Verlag

Wer Geld hat, möchte mehr davon haben. Diese Triebfeder bringt ehrenwerte Männer dazu, Dinge zu tun, die sie besser nicht machen sollten.Sie lassen sich mit Geschäftspartnern ein, mit denen sie besser nichts zu tun hätten. Sie machen Geschäfte, bei denen ein paar Jahre Gefängnis noch die mildeste Strafe sind, wenn sie auffliegen. Sie waschen Geld.

Claudio Cantele
DAS STILLE GELD
Krimi

176 Seiten, 13,5 x 21,5 cm
Gebunden mit SU
€ 19,99 · ISBN: 978-3-85485-297-1

molden verlag

Im Mittelpunkt dieses Psychokrimis steht das Rätsel um zwei vermisste Mädchen, die offenbar Opfer eines Sexualtäters wurden. Doch die Spuren von schwarzen Messen und satanistischen Ritualen, die dem Polizeiinspektor Hinweise auf den Verbleib der beiden jungen Frauen liefern, führen in eine Richtung, die der Leser niemals vermutet ...

Manfred Koch
HEXENSPIEL
Psychokrimi

168 Seiten, 13,5 x 21,5 cm
Hardcover mit SU
€ 19,95 · ISBN: 978-3-85485-291-9

molden verlag

Ein deutscher Oberstudienrat kommt auf Sizilien zu Tode. Ausgerechnet in Elena Martells Reisegruppe. Gott sei Dank gibt es da Commissario Giorgio Valentino, der Elenas Verdacht, dass es kein Unfall war, teilt. Steht der Tod gar in Zusammenhang mit einer spektakulären Kunstfälschung, die die Reiseleiterin entdeckt hat?

Band 1 der erfolgreichen Elena-Martell-Reihe

Eva Gründel
DAS LÄCHELN DER MADDALENA
Ein Sizilien-Krimi

352 Seiten, 13,5 x 21,5 cm
Hardcover mit SU
€ 19,95 · ISBN: 978-3-85485-256-8

molden verlag

Reiseleiterin Elena Martell und Commissario Giorgio Valentino kommen in Neapel einer geheimnisvollen Mordserie auf die Spur. Krippenfiguren tauchen an seltsamen Orten auf und liefern die Hinweise auf ein heimtückisches Komplott, die alten Gassen und Höfe von Wien werden dann zum Schauplatz eines packenden Showdowns.

Band 2 der erfolgreichen
Elena-Martell-Reihe

Eva Gründel
TEUFLISCHE WEIHNACHTEN
Ein Neapel-Krimi

352 Seiten, 13,5 x 21,5 cm
Hardcover mit SU
€ 19,95 · ISBN: 978-3-85485-260-5

molden verlag

Wenige Monate vor dem Ausbruch der Revolution im Reich Gaddafis: die Reisegruppe begibt sich in die Wüste. Doch aus dem friedlichen Aufenthalt zwischen Oase und Fata Morgana wird unversehens ein todbringendes Abenteuer ...

Band 3 der erfolgreichen
Elena-Martell-Reihe

Eva Gründel
WIE EIN SANDKORN IM WIND
Ein Libyen-Krimi

336 Seiten, 13,5 x 21,5 cm
Harcover mit SU
€ 19,99 · ISBN: 978-3-85485-267-4

molden verlag

Eine totgeglaubte Schwester in Italien, ein brutaler Auftragsmord in Frankfurt, eine Großmutter in Venedig und ein sich ständig neckendes Ermittlerduo in und aus Heidelberg – Italien und Deutschland sind die Schauplätze dieses spannenden und amüsanten Krimidebüts.

Olivia Meltz
DIE VERKAUFTE SCHWESTER
Ein Leah & Louis Krimi

256 Seiten, 13,5 x 21,5 cm
Hardcover mit SU
€ 19,95 · ISBN: 978-3-85485-272-8

molden verlag

Die besondere Qualität eines Regionalkrimis: man lernt eine neue Gegend kennen, fährt hin - und die Menschen sind wirklich so. Aber - geht es bei den friedlichen weißen Pferden tatsächlich um Leben und Tod? Der erfolgreiche Inspektor Kammerlander ermittelt ...

Isabella Trummer
DER SCHREI DES LIPIZZANERS
Inspektor Kammerlanders neuer Fall

312 Seiten, 13,5 x 21,5 cm
Hardcover mit SU
€ 19,99 · ISBN: 978-3-85485-296-4

molden verlag

IMPRESSUM

ISBN 978-3-85485-297-1

© 2012 by Molden Verlag
in der Verlagsgruppe Styria GmbH & Co KG
Wien · Graz · Klagenfurt

Bücher aus der Verlagsgruppe Styria gibt es
in jeder Buchhandlung und im Online-Shop
styriabooks.at

Lektorat: Reinhard Deutsch
Covergestaltung: Bruno Wegscheider
Buchgestaltung: Anna Caterina Wegscheider

Coverfotos: istockphoto/jordano2000 (Hintergrund),
Mnozh (Koffer)

Druck und Bindung: Druckerei Theiss GmbH
St. Stefan im Lavanttal

Alle Rechte vorbehalten